D1390748

NOSTOS

Nostos

Stori fer hir

Aled Jones Williams

Dymuna'r awdur ddiolch i Llenyddiaeth Cymru am ddyfarnu Ysgoloriaeth Llenyddiaeth Cymru a gefnogir gan Y Loteri Genedlaethol trwy Gyngor Celfyddydau Cymru, er mwyn cwbhlau'r nofel hon.

Argraffiad cyntaf: 2018
ⓗ testun: Aled Jones Williams 2018

Rhif Llyfr Safonol Rhyngwladol:
978-1-84527- 656-0

Cyhoeddwyd gyda chymorth Cyngor Llyfrau Cymru

Cynllun clawr: Adran Ddylunio Cyngor Llyfrau Cymru

Cyhoeddwyd gan Wasg Carreg Gwalch,
12 Iard yr Orsaf, Llanrwst, Dyffryn Conwy, Cymru LL26 0EH.
Ffôn: 01492 642031
e-bost: llyfrau@carreg-gwalch.cymru
lle ar y we: www.carreg-gwalch.cymru

Argraffwyd a chyhoeddwyd yng Nghymru

'The imperfect is our paradise.'
Wallace Stevens: *The Poems of Our Climate*

'Gwn, O Arglwydd, nad eiddo neb ei ffordd;
ni pherthyn i'r teithiwr drefnu ei gamre.'

Jeremia 10:23

1

Talitha, cwmi

Chwilio yr oedd hi, eto fyth, am yr un frawddeg hollgynhwysol. Un frawddeg euraidd a fedrai ddihysbyddu unrhyw reidrwydd o hyn ymlaen i ymdrechu, i ymlafnio ag unrhyw beth. Geiriau fel cŵn defaid yn symud yn llechwraidd, bwyllog, ar eu cwrcwd un munud, wedyn ar wib hyd gae ei chrebwyll, gan gynnull diadelloedd ystyfnig, pigog ei theimladau i gorlan cystrawen a'i phatrwm a'i hatalnod llawn. A diwedd ar bethau. *Yr* ateb wedi ei roi. Popeth wedi ei ddatrys. Yr ymdrech drosodd.

Ond fel darlithydd mewn athroniaeth ym Mhrifysgol Southampton, gwyddai'n iawn nad oedd yna fawr o wahaniaeth rhwng geiriau a bag papur tamp: nid oedd y naill na'r llall yn medru dal fawr o bwysau heb dorri. Ond fel mam, dyheai, crefai am yr *un* frawddeg honno – Y Frawddeg – hollalluog, hollwybodus a roddai iddi heddwch calon a meddwl. I fam – hi – oedd newydd golli ei hunig fab. Brawddeg fyddai'n swnio'n debyg i 'Talitha, cwmi': fod yna yn rhywle iaith ddiarffordd, esoterig a fyddai o'i hynganu yn agor drws mawr i adael i mewn bob iachâd posibl.

Yn ddiarwybod iddi hi ei hun symudai ei bys hyd ager ffenestr y trên. Sylweddolodd hynny ac ymataliodd mewn embaras. Trodd yn sydyn i wynebu ei chyd-deithiwr yr ochr arall i'r bwrdd ar yr un pryd ag y diflannodd ei edrychiad ef yn ôl i'w bapur newydd, wedi iddo fod yn syllu ar y wraig od hon yr ochr arall iddo yn dwdlan siapiau tebyg i lythrennau ar y ffenestr oedd wedi stemio gan anadl a gwres y teithwyr yn y carej llawn dop a budr arferol ar y lein rhwng Caer a Chaergybi. *Osborne hails recovery*, darllenodd bennawd y papur newydd yr oedd y dyn bellach yn ymguddied y tu ôl iddo.

'Bangor?' holodd hi ef, er y gwyddai'n iawn mai trên Bangor oedd hwn. 'Trên Fangor?'

Nid atebodd y dyn hi, dim ond parhau i gogio bach ei fod yn darllen. Roedd hi'n amlwg iddo gael profiadau annymunol o'r blaen â merched od, canol oed ar drenau.

'Yr holl ffor' i Fangor!' ebe llais o'r sedd gyferbyn â hi.

Edrychodd i gyfeiriad y llais gwrywaidd. Pen moel (tebyg i rywun, meddyliodd). Stwcyn crwn. Deallus yr olwg? Ond nid oedd am adael iddo ei thynnu i mewn i sgwrs. Ei thro hi rŵan oedd cogio cuddied. Gwenodd wên gwta a nodio ei phen fymryn a throi i chwilota yn ei bag am ... am beth? ... ei dyddiadur, siŵr iawn ... fe wnâi hwnnw'r tro. (Nid oedd wedi medru darllen llyfr ers y farwolaeth, neu o leiaf lyfr ar ei hyd; nid ymhellach na'r paragraff cyntaf i ddweud y gwir; nid ymhellach na'r frawddeg gyntaf, mae'n debyg.) Gwyddai fod y moelyn yn ciledrych arni. Edrychodd ar dudalen wag: *August 18*. Nid am fod yna arwyddocâd i'r dyddiad, dim ond mai'r dudalen honno a ddaeth i'r amlwg, ar hap, pan agorodd ei dyddlyfr. Llithrodd ei bys yn araf i lawr y gwynder llinellog. O *8 a.m.* i *3 p.m.* Cofiodd yn sydyn wrth syllu ar y gwynder mai i Henry James, y llenor Americanaidd, yr oedd y dyn pen moel yn debyg. Roedd wedi gweld llun camera o James un tro mewn rhyw arddangosfa neu'i gilydd. Llun gan Alvin Langdon Coburn?

Trodd i'r wynebddalen. Darllenodd ei henw: *Elizabeth Scott-Palmer*. Darllenodd ei chyfeiriad: *Mill Lane, Romsey, Hampshire*. Gwelodd yn ei llawysgrifen hi ei hun yr enw Charles Scott-Palmer gyferbyn â *In Case of Emergency Contact*. Darllenodd hwy nid fel petai hi'n darllen amdani hi ei hun ond am rywun arall yr oedd hi wedi cerdded allan ohoni y bore hwnnw a dal trên i Gymru. Teimlodd iddi roi ei hun ar fenthyg am flynyddoedd i rywun rhyfeddol o debyg iddi o ran pryd a gwedd a'i bod rŵan yn tynnu'r benthyciad yn ôl. Ni chlywodd y dyn pen moel yn dweud wrthi: 'Bangor ydy'r stop nesa.' Ond efallai iddi ei glywed a'i anwybyddu.

* * *

'Gwrandwch,' meddai'r dyn tacsi yn diffodd ei radio ar y lôn fynydd uwchben Rhosgadfan, 'ond i lle 'dan ni'n mynd 'lly?'

'Dwi'm 'n siŵr!' meddai hithau yn craffu drwy'r ffenestr am y tŷ y gwyddai ei fod o yna yn rhywle. A thra mae pethau i weld yn aros yn eu hunfan yn ddaearyddol drwy gydol y blynyddoedd maen nhw'n crwydro yn y cof, a phethau oedd unwaith yn fawr yn mynd yn llai.

'Ma 'na flynyddoedd ... Stopiwch!'

Fe'i gwelodd. O'r pellter yn codi o lawes y brwyn a'r rhedyn edrychai'r murddun fel llaw olosg yn dal pensil trawst du yn erbyn papur yr awyr oedd yn melynu erbyn hyn yn y cyflychwyr.

''Na fo'n fan'na. Stopiwch! Mi fydda i tua awr.'

'Yn y *ruin* 'na! Awr! Be wnewch chi'n fan'na am awr?'

'*Rhoid* busnas i chi ydw i, nid *deud* 'y musnas. Tua awr, medda fi.'

Wrth gamu o'r car aeth ei throed i bant yn y ddaear a gorfu iddi sadio ei hun rhag disgyn.

''Dach chi isio help? Ddo i hefo chi lawr os 'dach chi isio,' ebe'r gyrrwr.

Anwybyddodd ef.

Yn ei phen ar y ffordd i lawr clywodd lais Charles bythefnos ynghynt:

'You need help, Lizzie dear.'

Teimlodd eto ei chynddeiriogrwydd blaenorol pan ailglywodd o'i mewn y gair 'dear'. Rhyddhaodd ei chynddaredd weddill ei berorasiwn i'w chof.

'What can a return to Wales possibly do for you? Wales is so far behind you by now that it must be invisible. You didn't even go to your aunt's funeral, for god's sake! Even though I offered to take you. That must be, what? Twenty years ago. Round figure. At least. "Wales is dead to me." That's what you said then. Why go back now? Listen, Lizzie, we have to sit this one out. There are no escape hatches, dear.'

A'r prynhawn hwnnw y sylweddolodd yn llawn nad o flaen ei gŵr a thad ei mab marw, y ddau ohonynt yn medru cydalaru'n flêr, yr oedd hi ond ym mhresenoldeb milwrol y Cyrnol Charles Humphrey Scott-Palmer – a'i ddywediadau mwyth o'r fyddin Brydeinig: 'sit this one out' ac 'escape hatches' am y galar a oedd yn ddyddiol yn malu ei chalon yn siwrwd – ac a oedd bellach yn un o benaethiaid GCHQ, Cheltenham. ('I listened to Putin fucking last night,' clywodd ef mewn islais yn dweud wrth ddau o'i gyfeillion yn yr ardd un tro a hithau'n cario'r gwin i'w cyfeiriad. 'Talking golf we are,' meddai wrthi pan ddynesodd atynt. 'I heard you saying something about putting,' meddai hithau ac yn fwriadol yn gorarllwys y gwin i wydr un o'r 'cyfeillion' nad oedd hi erioed wedi ei weld o'r blaen. Bu bron iddi ag ychwanegu: 'Well! Add you three to Putin and, hey presto, four pricks.' Ond ymddiheuro ddaru hi fel pob gwraig dda a chynnig mynd i nôl 'a cloth'.)

Fel petai ei thraed wedi mynd yn iau a chofio'r ffordd ohonynt eu hunain, yr oedd hi yn ddisymwth o flaen Hafod Owen ar ôl blynyddoedd a oedd wedi eu cromfachu, deallodd heddiw, yng nghanol ei bywyd Seisnig.

'What will you do there once you arrive, for pity's sake, Lizzie? You'll be all at sea,' clywodd eilchwyl y Cyrnol yn ei phen.

'I'll follow my instincts,' oedd ei hateb.

Wedi marwolaeth ei mab yr oedd y wraig hon a oedd am flynyddoedd wedi ymhyfrydu ym myd y meddwl a meddyliau, rheswm a rhesymoliaeth – ei harbenigedd oedd yr athronydd René Descartes – wedi gorfod turio i le gwahanol, gwyryfol bron, yn ei phersonoliaeth – a oedd yna'r ffasiwn le'n bod ynddi? – rywle ym mherfeddwlad ei hemosiynau er mwyn ceisio canfod rhywbeth, unrhyw beth, a allasai ffrwyno, ac efallai ddofi, ac o'r dofi hwnnw ddileu y boen ddieiriau, ddi-siâp, ond a fagai ffurf ambell dro, ffurf ceidwad carchar a'i allweddi'n diasbedain yn ei phen ac yn ei hamgylchynu, rownd a rownd, gan ofalu na welai hi fyth eto olau dydd. Nid oedd dim yn rhesymol mewn galar. Hynny a ddarganfu. Ac felly ei greddf gyntaf wedi cyrraedd Cymru'n ôl oedd dal tacsi i fynd â hi i

Hafod Owen. 'Wel am beth hurt i'w wneud!' fyddai hi wedi ei feddwl beth amser yn ôl. Ond wele hi yma!

Teimlodd wrth gamu drwy'r gwagle lle bu'r drws – drws gwyrdd ydoedd eleni, glas oedd o y llynedd, *ac oherwydd mai peintiwr sâl ydy dy daid, slap-dash, sbia*, ebe ei nain, ma gwyrdd leni yn plicio i ddangos glas llynadd – y rhedyn yn goglais ei fferau. Camodd am yn ôl er mwyn cael mynd yn ei blaen eilchwyl i deimlo'r rhedyn yn gosfa hyd ei chroen eto. Gwên, dybed, ffurfiodd ei hun ar ei hwyneb? Na, nid gwên oherwydd nid oedd ganddi hi hawl i wên.

'Bet bach!' meddai ei nain yn codi ei dwylo o'r bowlen a smotyn o flawd ar flaen ei thrwyn. 'Sut ar wyneb y ddaear y doist ti i fama? Ydy dy fam hefo ti?' Teimlodd hithau ei gwefsau'n ffurfio'r gair *taxi*. Yr oedd ei hynganiad Saesneg, *home counties,* yn berffaith a gwelodd alanastra amser. Y to lle bu'r llawr. Twmpath o gerrig wedi ffeirio lle hefo'r cadeiriau nad oeddynt. Teimlodd ddwylo ei thaid o'r tu ôl iddi yn gorchuddio ei llygaid a hithau'n gorfod cogio bach na wyddai hi ddim, ar ôl iddo fo ofyn *pwy sy 'na?* Ond heddiw hynny oedd y gwir. Ni wyddai pwy oedd yna. 'Mond un, cofia,' meddai ei nain wrthi pan welodd hi drwy gornel ei llygad yn estyn ei llaw yn slei bach i fachu cacen gri o'r pentwr melyn ar y plât ar y bwrdd a'i chipio y tu ôl i'w chefn, *neu fyddi di ddim isio cinio*. Y brwyn – lle bu bwrdd – yn clecian yn erbyn ei gilydd fel gweill gwyllt yn gwau atgofion o'r gorffennol na wyddai hi ei fod ynddi o hyd, ac wedi aros amdani cyhyd, tan rŵan, er mwyn cyflwyno iddi roddion hallt cofio. Taflodd ei thaid rawiad o lo ar y tân a theimlodd wres a oedd wedi diffodd yn treiddio o'r lle tân a oedd yn fflamau o redyn. 'Ga i agor y cyrtans, Nain?' meddai a gwahanodd hithau yr iorwg lle roedd aderyn y to, ei gorff yn tician am lai nag eiliad ar y lintel cyn diflannu i oleuni egwan y presennol yn henaint y dydd. Ei dychryn hi yn naw oed oedd wedi dychryn yr aderyn, amgyffredodd. Hi yn naw oed yn gwrando: *Fedrwn ni mo'i chymryd hi, Wil. 'Dan ni'n rhy hen. Mae o wedi'i setlo. Mi fydd hi'n mynd i fyw at Catrin.* Gwthiodd ei llaw yn erbyn drws tyngedfennol nad oedd o bellach yn bod i ddangos parlwr nad oedd yna. A'r ddraenen wen yn y gongl fel hen ddyn yn ei grwman yn wylo'n hidl ar ôl ei ferch farw.

'You're trespassing,' meddai llais o'i hôl.

Edrychodd ac yno roedd llanc ieuanc tua'r ugain oed, amcangyfrifodd. Baril gwn dan ei fraich yn hongian yn llipa. Syllodd arno heb ddweud dim.

'I said you're trespassing,' meddai'r llais drachefn.

'The wind's here. The bracken too. The stones. Are they trespassing as well? This used to be my grandparents' house.'

'I mind it for someone. Possession is nine-tenths of the law. So you're trespassing.'

'Well you tell your "someone" that my interest is in the other tenth that no law nor your "someone" can ever possess. The tenth of memories and the past. Leave me alone, please.'

Cyffyrddodd faril y gwn â'i law arall.

Ia, meddai Bet wrthi ei hun. Saetha fi. Mi fyddwn i'n falch petait ti'n gwneud. A diwedd arni.

'Is that your manhood?' meddai'n uchel.

I'r ffenestr ddi-wydr daeth yr aderyn y to yn ei ôl. Teimlodd lawenydd oherwydd ei ddychweliad.

'Watja dy hun,' meddai wrtho, 'ma beryg i ti gael dy saethu gin hwn fel finna.'

'Trwbwl yn fama?' meddai'r dyn tacsi yn camu i mewn i'r murddun ac yn camu'n nes at y dyn ieuanc. Sylweddolodd hithau fod y ddau tua'r un oed. 'Ffycin Saeson,' meddai'r dyn tacsi bron yn wyneb y llall. 'Sori am regi, musus. Sori 'mod i 'di deud Saeson.' Gollyngodd y llall y gwn i'r llawr. Nid gwn ydoedd ond pwmp beic a ymdebygai yn y cyfnos i faril gwn.

Syllodd y llanciau ar ei gilydd am be deimlai'n hydion iddi.

Yn sydyn cipiodd yr hogyn ei bwmp beic oddi ar lawr a llamu'n ddeheuig drwy'r gwagle lle bu'r drws ac o'r golwg.

'Nabod o?' holodd hithau gan atal y dreifar tacsi gerfydd ei lawes rhag ei ddilyn.

'Dwi'm isio'u nabod nhw.'

Sylweddolodd hithau fod un yn golygu hil gyfan.

'Mae hi wedi bod dros awr, chi,' meddai'r dyn tacsi.

'Rhan o'r job, dybad?' atebodd hithau. 'Aros am bobl?'

''Rioed 'di neud o ar ben mynydd o' blaen chwaith. Wel … aros am riwin ar ben mynydd o'n i'n 'i feddwl,' meddai'r gyrrwr yn gwrido.

'Dyna roeddwn i'n meddwl yr oeddach chi'n 'i feddwl,' ebe hithau.

A'r tro hwn gadawodd iddi ei hun deimlo gwên. Gwên fer, serch hynny.

'Wedi cael ei ddifrodi,' meddai wrth y gyrrwr a nhw eu dau bellach yn ôl yng nghlydwch y cerbyd ond bod yr hen ogla da ffug hwnnw sy'n debycach i beth-llnau-lafytri nodweddiadol o dacsis rhad, meddyliodd, yn ei hamgylchynu; o'r goeden Dolig oedd yn hongian o'r drych, mae'n debyg, rhwng y ddau ddis fflyffiog, mawr – rhif chwech ar bob un. Lwc i rywun.

'Wedi cal 'i be?' meddai'r gyrrwr.

'Y tŷ. Wedi ei losgi,' meddai Bet yn edrych ar rywun yn y lledolau yn reidio beic i fyny'r llethr at y lôn. A chofiodd am yr hogyn.

'Ia 'chi.'

'Dro'n ôl erbyn hyn. Cyn 'ch geni chi.'

'Ia 'chi.'

'Ddalion nhw neb, yn naddo?'

'Neb 'chi,' ebe'r gyrrwr a meddyliodd Bet iddi weld gwên yn lledu ar draws ei wyneb. Ond hwyrach mai meddwl yn unig wnaeth hi. 'Anodd ar y diawl dal "neb", tydy?' ychwanegodd ef.

Dirnadodd hithau nad meddwl a wnaeth hi ac mai gwên a welodd.

'I lle rŵan, musus?'

'Bet.'

Roedd rhywbeth caled yn dechrau meirioli ynddi, sylweddolodd.

'Be? Dwi'n gorod cymryd bet i le dwi'n mynd â chi?'

''Nenw fi!'

'Ia, wn i. Jones! 'Nenw inna.'

'Oes 'na rwbath o flaen y Jones, dybad? Lle 'ma'n llawn Jonsys, beryg.'

'Na. Mond Jones. 'Dach chi'n iawn, ma 'na Jonsys ond does 'na mond un Jones. A fi 'di hwnnw. Gofynnwch i riwin am Jones. A dim ond fi ddaw.'

'Mae o gin i'n fama. Roswch.'

Aeth Bet – a dyna pwy ydoedd hi erbyn hyn, penderfynodd, Bet Huws, merch Anna fu farw a gafodd gartref wedi hynny gan ei Modryb Catrin – i'w bag i chwilio am gyfeiriad ei gwesty.

'The Archers' Rest ym Mlaenau Seiont. Wyddoch chi am y lle?'

'Iesu bach! Archers' Rest. Gwn yn iawn. W'th ymyl castall. Lle ma'r artjyrs yn mynd i gysgu ar ôl lladd y Welsh.'

Fflachiodd ei ffôn. Gwelodd fod neges destun oddi wrth Charles. Darllenodd:

'Trust you arrived safe and sound. Shocking news from Parliament. MPs rejected military intervention in Syria. Speak soon maybe? C x.'

Dileodd y neges.

'Chi meindio?' meddai Jones yn rhoi y radio ymlaen. 'Cowbois Rhos Botwnnog. 'Dach chi licio nhw?'

Yr oedd yn haws i Bet y funud hon ddweud 'Yndw'.

'That's him!' clywodd Charles yn ei sibrwd wrth ei hochr wrth i'r tair arch gael eu cario fesul un, un ar ôl y llall, yn araf i lawr y ramp o'r awyren. Nid oedd ynddi'r egni i ofyn iddo pa un o'r tair a guddiai falurion ei mab. Nac ychwaith sut oedd o'n medru dweud yn hollol o dan ba Jac yr Undeb unffurf yr oedd ei mab unigryw hi. Fel y deuai'r eirch allan yr oedd milwr o flaen pob un yn eu hwynebu, ei law yn erbyn yr arch fel petai o'n ceisio ei gwthio am yn ôl. Da was, gwthia di am yn ôl, meddai. Oherwydd dyna y mae fy nheimladau i yn ei wneud. Gwthia di'r arch yn ôl i'r awyren 'na, ac yn ôl i Affganistan, ac yn ôl i'w lencyndod o, yn ôl i'w blentyndod o. Gwthia fo'n ôl i 'mreichia i. Gwthia fo'n ôl i 'nghroth i. Gwthia'n ôl i'r adeg cyn bod Charles a fi. Gwthia'n ôl i'r cyfnod pan oeddwn i'n sengl. Gwthia'n ôl i'r adeg pan oeddwn i'n Gymraes. Gwthia'n ôl i dŷ Anti Catrin. Gwthia'n ôl i un mis, i un wythnos, i un diwrnod, i un awr, i un munud, i un eiliad – dim ond un, un – a Mam yn dal yn fyw. Gwthia'n ôl i Hafod Owen a'r golau ymlaen a'r tŷ drwyddo draw yn gynnes fel y bowlen ar ben pentwr o grempogau ffres. Gwthia'n ôl i'r adeg pan welodd Duw bopeth, a'i weld yn dda. Gwthia'n ôl i'r afluniaidd a'r gwag. Gwthia'n ôl i'r dim. Gwthia'n ôl tu hwnt i'r dim. Ac i'r tu hwnt tu hwnt i'r tu hwnt.

Daeth llaw Jones dros ymyl y sedd i'w chyfeiriad yn dal bocs o hancesi papur.

'Diolch,' meddai. Sychodd ei dagrau. Sylweddolodd fod y radio wedi ei ddiffodd. Ni ddywedodd Jones yr un gair, dim ond gyrru yn ei flaen. Os gwyddai Bet unrhyw beth am wirionedd, gwyddai mai lle o ddistawrwydd ydoedd. Y gau, gwyddai, sy'n swnllyd. A diolchodd ynddi ei hun i Jones am beidio â holi'r cwestiwn anatebadwy, 'Be sy'n bod?' neu'r un gwirionach: ''Dach chi'n iawn?'

Edrychodd drwy ffenestr y tacsi a gwelodd fod goleuni'r haul yn ei fachludiad yn taro'n erbyn ffenestri'r anheddau ymhell oddi tani ym Mlaenau Seiont nes gwneud iddi feddwl fod y lle ar dân. Ni allai benderfynu ai coelcerthi bychain o groeso oeddynt, ynteu ffaglau ynghyn yn ei rhybuddio i gadw draw. Ni allai ychwaith benderfynu rhywbeth llawer dyfnach: ai rhywun yn dychwelyd adref oedd hi ynteu dieithryn yn ymweld â rhywle na fu ynddo erioed o'r blaen? Ond un peth a wyddai, os gwyddai unrhyw beth, oedd na allai alaru yn Saesneg. Nid oedd yr iaith honno'n ddigon dwfn ynddi er iddi dybio ers blynyddoedd mai Saesnes oedd hi i bob ymddangosiad. Roedd ar deimladau dyfnion angen yr un dyfnder mewn iaith gyfatebol. A dim ond ei mamiaith, y Gymraeg, a fedrai roddi hynny iddi. Tir bas oedd y Saesneg wedi'r cwbl. Y Gymraeg yn unig a fedrai ddal gwreiddiau.

* * *

15

Medrai Bet ddweud yn iawn fod perchennog The Archers' Rest wedi llwyr anghofio ei bod hi'n aros yno y noson honno, oherwydd ynddo yr oedd dwy sgwrs yn digwydd ar yr un pryd: un eiriog, gyhoeddus yn ei chroesawu'n ddigon cynnes ac yn sôn fel yr oedd o wedi bod yn edrych ymlaen at ei chyfarfod bron drwy'r dydd; a'r llall, drwy ymadroddion megis 'let's see now' a 'wait a mo' a 'what on earth have I done with' a 'you can't find anything when you want it, can you?' ynghyd â strach ei ddwylo ar y ddesg, o dan y ddesg, yn y ddesg, mewn ffeil ac mewn bocs, yn dweud wrthi na wyddai ef pwy ar wyneb y ddaear oedd y ddynes hon oedd newydd gyrraedd.

'Let me give you my details again, shall I?' ebe Bet yn ei dynnu o dwll.

'Would you mind ...' a gwnaeth gamsyniad, 'Mrs ...,' meddai; 'Oh! Here it is!' meddai'n unionsyth yn codi darn o bapur y gwyddai Bet nad oedd a wnelo fo ddim â hi er mwyn rhoi cyfle iddi – gobeithio! – i lenwi'r gwacter yn ei grebwyll ar ôl 'Mrs'.

'Scott-Palmer,' ebe Bet yn chwarae'r gêm.

'Oh deary me, this isn't it afer all. Yes, I know, Mrs Stott-Palmer.'

'Scott,' meddai Bet

'No, no. I'm English.'

'I can see that,' ebe Bet, 'but me: it's *Scott*-Palmer.'

'I know. Didn't I say that? That's what I said, wasn't it?'

Daeth yr hogyn hefo'r pwmp beic i mewn i'r cyntedd.

'Ah! We meet again,' meddai Bet wrth y llanc

'You've already met Quentin?' meddai'r perchennog, Tattersall wrth ei snâm. Gwelodd hithau ryw ddychryn egwan yn cipio edrychiad ei fab. A rhyw olwg braidd yn angharedig oddi wrth y tad tuag at y mab.

'No,' meddai yn reddfol wedi dirnad rhywbeth, 'my mistake. Sorry. Pleased to meet you, Quentin.'

Pwy, meddyliodd hi, oedd y dyn hwn o'i blaen mewn siwt a oedd yn amlwg wedi trafeilio hefo fo ar hyd y blynyddoedd? Ond trafeilio o le? A chyrraedd fama. Nid nod, heb os, dechrau'r daith. Ond damwain cyrraedd. Ond ai 'cyrraedd' oedd y gair, meddyliodd. Hwyrach mai cywirach fyddai dweud: 'wedi ei longddryllio yn fama'. A'r gwesty y mymryn lleiaf yr ochr yma – yr ochr dderbyniol – i 'fynd â'i ben iddo'.

'Swpar?' meddai Bet.

'Supper!' ebe yntau.

'You know some Welsh then!' meddai Bet.

A'i lygaid a thôn ei lais yn amlwg yn sbio i mewn i ffrij wag, meddai:

'Give me an hour to prepare. Would that be all right?'

Edrychodd Bet ar ei watj. Chwarter i ddeg. Bu'r diwrnod yn un hir. A'i hemosiynau, teimlodd hwy eto, y tu mewn i'w dillad drudfawr yn debycach i siwt y dyn o'i blaen: wedi raflo. Felly gofynnodd am yr hyn a oedd yn debygol o fod ar gael yn y gwesty hwn:

'Look,' meddai, 'it's late. Some toast will be fine.'

'Are you sure? I'm a good cook. Not quite Gordon Blue. But good enough. Isn't that right, Quentin?'

Ond yr oedd Quentin wedi mynd. I chwilio am y cyfaill annwyl Gordon Blue, meddyliodd Bet.

'Positive,' ebe hi.

'But full English for the morrow, eh?' ebe Adam Tattersall a'r rhyddhad yn amlwg yn ei lais.

Gwelodd Bet ei hwyneb yn y drych ar y wal y tu ôl iddo. Syllodd arni ei hun am dipyn, ac ef yn edrych arni, cyn dweud:

'Full English ... That's what I thought once too ... Once upon a time ...'

'What's that?'

'The room?' meddai Bet.

'Of course,' ebe ef. 'Let's see.'

A gwelodd hi ei fys yn rhedeg i lawr y rhifau gweigion ar y gofrestr gan ddewis ar hap rif deg.

'Number ten's free,' meddai, 'let me just check. The maid left early. But I'm sure everything is hunky-dory. Very reliable she is. Would you care for a coffee, a tea perhaps while I do the formalities? Some other kind of beverage, perhaps?'

'No thank you,' ebe hi, 'I'll sit here and wait. For the toast!'

'Of course,' meddai'n cofio am y tost.

Eisteddodd hithau yn pendroni ynghylch defnydd y dyn hwn o eiriau fel 'morrow' a 'maid' a 'hunky-dory' a'i adael, fe wyddai, i fynd i baratoi ystafell rhif deg ar ei chyfer. Cyn gwneud y tost, mae'n debyg. Clywodd o'n sibrwd, ond yn rhy uchel: 'Quentin! Where the bloody hell are you?'

Mae'n rhaid ei bod wedi edrych ar y lluniau ar y wal am sbel go lew cyn iddi ddechrau eu gweld go iawn. Roedd hi yno, yn ddeg oed, hefo'i Modryb Catrin. Ond y cwbl y medrai ei gofio am yr Arwisgiad oedd sglein dwyfronegau'r Hors Gards yn mynd i fyny ac i lawr wrth fynd heibio ar eu ceffylau. A'r mynd heibio sgleiniog yn debyg i sylltau yn cael eu taflu ar fwrdd. Hen sylltau. Ond sut roedd yn bosibl iddi gofio dim gan mai hogan fach mewn galar oedd hi? Galar am ei mam a fu farw'r flwyddyn cynt.

Syllodd ar y llun o'r frenhines yn adwy'r Frenhines Elinor yn y castell yn dal llaw ei mab yn y ffordd odiaf fyw, fel petaen nhw ar fin dawnsio rhyw ril Wyddelig, meddyliodd. Clywodd yn ei phen y tywysog yn ynganu'r gair rhyfedd *liegeman*. Lle a sut glywodd hi hynny, dybed? 'Charles,' ynganodd yn ddistaw neu'n hyglyw, ni wyddai, 'so that you know, he didn't die in peace but in pieces. And I too am in bits.' Nid oedd hi eisiau deall. Dyna oedd y peth. Byddai 'deall' yn tacluso pethau. Yn eu cymhennu. Yn gwneud yr hyn a ddigwyddodd yn waeth rhywsut oherwydd ei bod yn ei 'ddeall'. Blerwch oedd ei angen. Agorfa blerwch y medrai ddwrdio a damnio drwyddi. A charu hefyd, dirnadodd.

'Met him, you know,' meddai Mr Tattersall o'r tu cefn iddi, 'seeing you looking. A very nice young gentleman indeed.'

'He's sixty-seven!' ebe Bet am y tywysog yn y llun.

'A long time ago. When I met him. A long time ago it was. It was then, not now.'

Ymddangosodd Quentin hefo platiad o dost mewn un llaw, y menyn yn lympiau caled hyd y tafelli, a mẁg o goffi yn ei law arall.

'Your toast and coffee,' ebe Quentin wrthi.

'But I said I didn't want coffee,' meddai Bet.

'He never listens,' ebe Quentin yn troi at ei dad, gosod y platiad tost o'i blaen, a cherdded i ffwrdd hefo'r coffi.

'Boys, eh?' meddai Adam. 'Have you children?'

'One son,' ebe hi.

'And what does he do?'

'Nothing,' meddai hi.

'That's right, just like this one. Does nothing. Mind if I sit?'

Nid oedd Bet yn siŵr ond amneidiodd i gytuno serch hynny.

'You can call me Adam,' meddai yn sydyn.

O na! Na, na, dim o gwbl; Mr Tattersall, penderfynodd Bet.

'So, Mr Tattersall,' meddai hi, 'why did you come here?'

'Because I hated Manchester. Things went wrong,' meddai. 'Things. And this was a nice place for a holiday. The boy and me and her. Anything wrong with that?'

'No,' ebe Bet, 'nothing at all.'

Beth bynnag yr oedd Adam Tattersall wedi gobeithio a fyddai'n digwydd, nid oedd yn mynd i ddigwydd, gwyddai. Rhwbiodd ei ben-glin, edrychodd ar lun gwahanol o'r Arwisgiad gan feddwl, mae'n debyg, sut y medrai adael.

'You were never tempted to learn Welsh?' holodd Bet, gan wybod ar yr un pryd mai hwn rhywsut oedd y cwestiwn cywir i'w ofyn iddo.

'Why would I?' ebe ef a rhyw dôn o galedwch yn ei lais erbyn hyn, fel petai, meddyliodd Bet, y dyn go iawn yn trio dod allan. 'There was no need. It couldn't add anything to being here.'

'We could have spoken together in Welsh,' meddai wrtho.

'And what would we have said differently that we could not have said in English? Nothing. Nothing.'

'It would have shown goodwill,' ebe hi.

'Is that all it is then? Leaning Welsh. Goodwill.'

'Maybe,' ebe hi.

Canfu yntau'r adeg i godi.

'One night you'll be staying, is it?'

'That's what I asked for, Mr Tattersall,' ebe hithau. 'I'll be going to my own house tomorrow.'

Yno ar ei phen ei hun bwytaodd ddau bishyn o dost. Er budd Quentin a oedd wedi eu paratoi, dirnadodd. Yr oedd y menyn bellach wedi toddi. Er mawr syndod iddi, fe'u cafodd yn dda. A'i bod hi'n llwglyd wedi'r cyfan.

Ni faliodd gau'r llenni yn ei hystafell wely y noson honno. Roedd hi'n licio'r nos. A'r gwely dwbl, chwarae teg, yn lân ac yn gyfforddus. Gwthiodd ei llaw i'r ochr arall gan deimlo'r gwacter. A'i oerni braf. Yr oedd hi'n licio oerni gwely wrth ei deimlo o'i lle cynnes ei hun. Roedd hi wedi licio hynny erioed; un o'r pethau bychain hynny oedd yn llenwi ei chnawd â dedwyddwch. Gwelodd ambell seren. Daeth iddi eto'r sylweddoliad, sylweddoliad a ddeuai iddi o bryd i bryd – cywir neu lol-mi-lol, ni wyddai bellach – fod y bydysawd er gwaethaf pawb a phopeth yn malio am bawb a phopeth drwy ei ddeddfau. Oherwydd fod ongl sgwâr yr un fath ym Mlaenau Seiont ag ydyw ar y blaned Mawrth: malio mewn rhyw ffordd ryfedd yw hynny. Nid endid oer a di-hid mo'r cosmos ond drwy ei ddeddfau cysáct a dibynadwy a diamrywiaeth mae'n ein cadw'n ddiogel. Nid ein molicodlo, na bod yn sentimental tuag atom, ond oherwydd ei ddeddfau, ymddangosiadol oeraidd yn unig, mae'n drugarog wrthym. Amhersonol ar un wedd, ond ar wedd arall yn galluogi'r personol i ddigwydd. Canfu erioed gysur od drwy ymestyn y penodol i'r cyffredinol, a chodi pethau'r llawr i'r eangderau. Pe medrai, o safbwynt yr eangderau yr hoffai hi fyw ei bywyd. A chododd ei llaw i'r eangderau hynny i'w cyfarch. Ond gwelodd wyneb ei mab marw o'i blaen, gwaed yn stillio o agennau ei lygaid, ac yn drysu'r cwbl.

* * *

Quentin a ddaeth â'i brecwast, y Full English, iddi i'r ystafell fwyta yn y bore. Sylwodd nad oedd yna na chyllell na fforc, na llwy, na syrfiét, na chwpan de, na dim byd arall ar yr un o'r byrddau bychain eraill.

'Dad told me to tell you that he had to go out on business and you can trust me with the payment, he said.' Cyflwynodd ei brecwast iddi.

'I know I can trust you, Quentin,' ebe hi. 'What were you doing in the old ruin, Quentin?' holodd hi ef.

Cyffyrddodd Quentin ei breichled â blaen ei fys. Tynnodd hithau ei llaw yn ôl yn sydyn.

'God, I'm sorry,' meddai ef.

'Why on earth did you do that?' ebe hithau wedi cynhyrfu braidd.

'Just leave the money and go,' meddai.

Rhuthrodd yntau am allan.

Edrychodd ar y Full English a oedd yn nofio mewn saim. A gwnaeth rywbeth nad oedd wedi ei wneud ers cyn cof, os o gwbl. Lapiodd y bacwn a'r ddwy sosej a'r bara saim mewn syrfiét bapur – *Welcome to the Halifax Hydro* wedi ei ysgrifennu ar un ochr iddi – a'i rhoi yn ei bag. Torrodd yr wy, gadael i'r melynwy lifo i'r bêcd bîns, a gwthio'r plât oddi wrthi. Edrychodd yn ei bag drachefn i'w sicrhau ei hun fod allweddi tŷ ei Modryb Catrin yn dal yno. Wrth gwrs eu bod nhw'n dal yno, yn yr amlen y rhoddwyd nhw ynddi flynyddoedd yn ôl gan Daniel Watkins y twrnai a'u postio iddi.

'Amdani, hogan,' meddai'n uchel.

* * *

Darganfu Bet fod ofn arni; fe'i teimlodd y munud y ffurfiodd ei llaw yn ddwrn o amgylch bwlyn drws allan The Archers' Rest. Fe'i teimlodd fel pwys anferth. (Nid fod hyn yn brofiad newydd iddi.) Sylweddolodd nad oedd hi eisiau mynd allan. Un peth oedd cyrraedd fan hyn liw nos, peth arall yn hollol oedd mynd allan i'r dref yng ngolau dydd. Byddai raid iddi weld. Ond yn waeth, cael ei gweld. Byddai pawb yn ei hadnabod gan edrych i'w chyfeiriad a dweud dim, dim ond edrych ac edrych ac edrych. Stagio – daeth hen air y dref hon yn ôl iddi yn ddisymwth – arni. Dduw mawr, na fyddan, be haru mi? Pwy ar ôl yr holl flynyddoedd alltud fydd yn fy nghofio fi? Ac mi fyddan nhw'n cofio pob dim ac edrych ac edrych ac edrych a dweud dim. Stagio. Dudwch rwbath, y diawliaid. Dudwch be sy ar eich meddylia chi. Mi oedd ganddi hen dric pan ddeuai'r ofnau yn eu crynswth i'w meddiannu fel cywion cogau yn deor a'i gwthio o nyth ei bywyd ei hun. Ond pa ofnau? Fuodd yna erioed ynddi hi ofnau. Ar hyd y bedlan, roedd hi wedi bod yn gwbl hunanfeddiannol. Yn hollol hyderus. O flaen ei dosbarthiadau; ymysg pobl – pobl nad oedd hi erioed wedi cynhesu fawr atynt, os gwir y dweud – y medrai sefyll ben ac ysgwydd yn uwch na hwy, neu o leiaf ysgwydd wrth ysgwydd â hwy, yn aml yn llai na hi ei hun yn eu presenoldeb ond gan wybod na fedrent hwy fyth fod wedi dweud fod y doethur yma yn slwtj mewnol. Dyna yw cryfder y dosbarth canol bob amser: siarad pwyllog, gofalus, eu geirfa lydan yn gloddiau, a hynny'n ymddangosiadol ddeallus er mwyn cuddied llanast llawer mwy. Y werin datws yn unig sydd yn ei deud hi fel ag y mae. Hyderus yn ei phriodas, hyd yn oed. Felly pa ofnau eraill? Ar gyfer yr ofnau parhaol blaenorol yr oedd ganddi hen dric. Un ymadrodd bychan. Ers iddi ei ddarganfod gyntaf erioed yn ei blwyddyn gyntaf yn y dosbarth athroniaeth yn y coleg a llais hudolus, llais fel clarinét, yr Athro Thomas yn ei ynganu. Ynganodd hithau eto ger y drws y bore hwn y geiriau: *Cogito, ergo sum*. Ynganodd hwy drosodd a throsodd a'i dwrn yn gwynnu gan gymaint y gwasgu am fwlyn y drws. *Cogito, ergo sum*. Nid eu hystyr oedd y peth ond rhythm y dweud. Y geiriau hyn fu mantra ei sadrwydd mewnol am flynyddoedd. *Cogito, ergo sum*: ei hanadlu trwm, cras yn llonyddu a churiadau ei chalon yn tawelu tu mewn i donnau rhythmig, rheolaidd y llefaru. A'i hanadlu a'r dweud yn un. *Cogito, ergo sum*. A fyddai *Si-hei-lwli* neu *Mi welais Jac-y-do* wedi gwneud yr un peth? Wrth gwrs ddim! Ond *Cogito, ergo sum* y daeth hi ar ei draws gyntaf erioed a hithau y pryd hynny, hyd yn oed, yn llawn argyfyngau.

Y bore hwn nid oedd i'w weld yn gweithio. A weithiodd erioed? Neu ai'r hyn sy'n digwydd mewn gwirionedd yw fod rhywbeth yn pasio, yn mynd heibio? Fod hinddrwg emosiwn am ddim rheswm penodol yn troi'n hindda emosiwn arall yn syth ar ei gwt. O! oedd, roedd o'n gweithio. *Cogito, ergo sum*, meddai drosodd a throsodd. A'r geiriau fel hwyl enfawr yn tynnu gwynt y storm fewnol i glec ei defnydd, bochio'n dew am allan a'i hanfon yn ddiogel, ddianaf drwy'r drws ac i'r stryd ... Arglwydd! Y stryd.

Penderfynodd Bet ar y pafin na fyddai'n mynd drwy'r dref i dŷ ei modryb y bore hwn. Fe gadwai'r pleser hwnnw – a phleser fyddai, cael gweld yr hen le eto – at yn hwyrach. Fe wyddai am siort cyt. Os a' i lawr ffor' hyn, meddai wrthi ei hun, troi i'r chwith ac wedyn i'r dde, mi fedra i osgoi y Maes. Rhyfedd a rhyfeddol ydoedd fel yr oedd ynddi o hyd fap o'r dref. Y gwyddai o hyd bopeth am heolydd a llecynnau, siopau a strydoedd ei thref enedigol. Map mewnol wedi dyfod i'r fei eto o'i blygiadau yn ei chof. Wedi ei gadw ganddi'n ddiogel yn nrôr gwaelod ei chrebwyll. Tan y diwrnod y byddai ei angen eto. Heddiw oedd y diwrnod. A ffwrdd â hi. Lawr y stryd fel y gwyddai'n iawn. I'r dde, 'rhen hogan. 'Na ti. Cywir! Ti'n cofio'n iawn. Dilyn y map. Chwith rŵan. Naci, i'r dde. Chwith, be haru ti! Ro't ti'n iawn y tro cynta. Ymddiried yn y map, da ti. Mi fyddi di'n mynd ar hyd 'y llwybr cul' mewn chwinc ... Ac yno roedd wal. Wal adeilad. Adeilad na ddylai fod yno. Ond yno yr oedd. Adeilad oedd wedi cau. Llythrennau metal arian yn fflachio yn yr haul: ELED' IFL. (Ceisiodd ddyfalu beth oedd y llythrennau coll. Ni fedrai.) Ni chynhyrfodd ddim. Ddaru hi? Ar hyd y Maes amdani, ta. Oedodd. A oedd heddiw yn ddiwrnod marchnad? Fyddai yno stondins? Dechreuodd ddychmygu pwy fyddai yno. A chael ei gweld, ei hadnabod. Yr edrych arni a thrwyddi. Yr edrych i fyny ac i lawr. Dim otj! *Cogito, ergo sum*. Y cwbl y byddai'n rhaid iddi

ei wneud oedd mynd yn ôl i gyfeiriad yr Archers' Rest, troi i'r
dde ac wele: y Maes. Mor hawdd fu ffendio'ch ffordd erioed yn
y dref fechan hon. Ond yn ei hemosiynau ar yr awr hon yr oedd
hi'n fetropolis. Roedd Llundain yn llawer llai.

Piazza oedd un gair a ddaeth i'w meddwl pan welodd y
Maes. (Nid oedd hi'n ddiwrnod marchnad wedi'r cyfan.)
Diffeithwch oedd gair arall. Diolchodd i'r Drefn – pa Drefn? –
fod Loi Jorj yno o hyd. Ond i'w dilladu yn gyfan gwbl bron,
huddwyd hi ag euogrwydd. Arni hi a hi yn unig yr oedd Loi Jorj
yn codi ei ddwrn. Nid cerflun oedd yna ond cyhuddiad. A
rheithgor o wylanod uwch ei phen yn sgrechian: Euog! Euog!
Euog! Lledodd cysgod cwmwl mwy ei faint na'r castell dros y
Maes i gyd fel barnwr yn yr hen amser yn codi cap du i'w roi
am ei ben cyn dedfrydu'r condemniedig i'r grocbren. I'w
chyfeiriad daeth twr o bobl. Y rhai hyn yn ddiau a fyddai yn ei
ledio i fan y dienyddio. Teimlodd ei breichiau'n codi i dderbyn
y gefynnau. 'You've just dropped your bag, dear,' dywedwyd
wrthi ond nis clywodd. 'There's the castle, Howard. Look!'
dywedwyd ond nis clywodd. 'Ice cream's for later, sweetie,'
dywedwyd ond nis clywodd. Trodd i'r dde. Trodd i'r chwith.
Edrychodd yn ei blaen. Edrychodd yn ei hôl. Nid oedd neb yn
ei hadnabod. Teimlodd uffern y stad o fod yn neb. Gwelodd y
Swyddfa Bost. Yr oedd y Swyddfa Bost yn dal yn yr un lle. Aeth
yn syth am yno. Ac at y cownter. 'Stamp, os gwelwch yn dda,'
meddai wrth y ferch. 'Un?' ebe'r hogan. 'Ia, un,' meddai'n
ddiamynedd. 'Ffysd ta second?' 'Ail,' meddai. Oherwydd fod 'ail'
yn fwy cydnaws â'i chyflwr. Clywodd ddyn ar ei hôl yn gofyn
am ddeg stamp. Daeth allan o'r Post, y stamp ar gledr ei llaw.
Edrychodd arno, yno mewn dieithrwch fel bara'r cymun
flynyddoedd maith yn ôl ar ddydd ei derbyn yn gyflawn aelod
yn y capel a neb o'r plant yn gwybod yn iawn beth i'w wneud ag
o, llyncu ta be? Stamp, meddai. A rhywsut wrth ddweud y gair
teimlodd ryw gadwyn yn tynhau. Cadwyn angor. A hithau wedi
ei hangori'n ôl ynddi hi ei hun.

Nid oedd hi'n bell o dŷ ei modryb. Ond penderfynodd ei

ddweud mewn ffordd arall: dwi'n *nes* at dy Anti Catrin. Oherwydd gwyddai yn hen ddigon da fod ein dewis o eiriau yn medru dewis ein teimladau ar yr un pryd. Mai creadigaethau geiriol ydym yn y bôn. Ydwyf yr hyn a ddywedwyf, gwyddai. Yr oedd hi felly'n '*nes*'. Nid yn '*bell*'. A ffeiriodd teimladau gwahanol le ynddi.

Wrth arwydd stryd tŷ ei modryb – ei thŷ hi bellach os oedd coel i'w rhoi ar ewyllys – gwelodd ddau hogyn ysgol yn mela â rhywbeth. Wrth ei gweld rhedodd y ddau i ffwrdd ond trodd un am yn ôl a chodi dau fys arni. Craffodd ar yr arwydd a sylweddolodd fod Stryd Garnon bellach oherwydd *permanent marker* wedi ei hailenwi'n Stryd Gamon. Pa ham? meddai. Medrodd wenu. Edrychodd i lawr y stryd. Ciliodd ei gwên.

Cerddodd i lawr y stryd gan stwna yn ei bag ar yr un pryd i chwilio am y goriadau. Teimlodd du mewn ei bag yn wlyb a'i bysedd yn saim byw. Cododd y syrfiét gwlyddaidd o'r bag a'i gollwng yn slei bach ar y pafin. Rhoddodd gic chwim iddi ond rowliodd sosej yn ôl tuag ati. Edrychodd ar y rhifau. Yr oedd hi wedi mynd yn rhy bell. Trodd am yn ôl. Camodd yn ofalus dros y sosej. O fewn deg cam a chwe blynedd ar hugain yn ddiweddarach safodd o flaen drws ffrynt tŷ ei modryb. Gwthiodd y drws fel petai'n disgwyl iddo fod ar agor. Ond yr oedd ar glo ... er mawr syndod iddi. Gwthiodd oriad seimllyd i'r clo. Ond nid oedd goriad mortis yn medru agor clo Yale.

Agorwyd y drws. Ond o'r tu mewn. Yno yn ei hwynebu yr oedd merch ieuanc a ddywedodd wrth Bet y geiriau roedd Bet ar fin eu dweud wrthi hi:

'Pw' 'dach chi?'

'Pw' 'dach chi?' meddai Bet, yr adlais. 'Be 'dach chi'n neud ...'

' ... yn fy nhŷ i?' gorffennodd y ferch ei brawddeg.

Gwthiodd Bet hi o'r neilltu ac i mewn â hi i basej ei thŷ ei hun ac meddai: 'Fy nhŷ i ydy hwn!'

'Oreit!' ebe'r ferch yn ddigyffro bellach. 'Os ma'ch tŷ chi ydy hwn, dudwch lle ma'r siwgwr yn cal 'i gadw ... Wel?'

'Hwn ydy tŷ fy Anti Catrin,' meddai Bet yn edrych o'i chwmpas.

'O! Io ddy wan! Ddudodd Mam na 'sa gynnoch chi'r ffês tw rityrn.'

'A pwy 'di'ch mam felly?'

'Y ddynas fuo'n sychu tin 'ch Anti Catrin chi ffor îyrs, tra oddach chi'n llyfu tin Saeson. Dyna fydda Mam yn 'i ddeud.'

'Ydy Danial Watkins y twrna yn gwbod am hyn? Mi fydda i'n gofyn iddo fo'n y munud.'

'Well chi fynd â midiym hefo chi felly. Mae o'n ded an gon es eijys.'

'Es faint 'dach chi yma? A dudwch y gwir,' holodd Bet.

'Bowt tw îyrs.'

'Faint ar ben dwy flynedd ydy "bowt"?'

'Thri an y haff. Meibi. Ar ôl ...'

'Ar ôl ...'

'Rhiwin 'sach chi ddim yn 'i nabod. 'Dach chi'n nabod neb yn fama, na 'dach?'

Canodd ffôn y ferch. Cododd ei llaw ar Bet i'w rhwystro rhag dweud dim ac meddai i'r ffôn:

'Io dŵing it! Ti'n neud o, reit! Jyst tynnu dy ddillad sy raid i chdi a lwc priti. Go!'

Dynesodd y ferch tuag at Bet, ei llaw am allan. Camodd Bet am yn ôl a rhyw ddychryn yn cripian hyd-ddi. Tynnodd y ferch stamp oddi ar gôt Bet a'i ddal o'i blaen.

'Rong adres, sori. Rityrn tw sendyr.'

'Sgynnoch chi enw?' meddai Bet yn cipio'r stamp o'i llaw.

'Oes.'

'Dwi fod i gesio ta be?'

'Haf y go!'

'Dudwch!'

'Tjeryl.'

'Cheryl!'

'Dyna be ddudas i. Tjeryl.'

'Wel, Cheryl, dangoswch fy ystafell i mi.'

'No we 'dach chi'n aros yn fama de.'

'O ydw! Sgin i nunlla arall i fynd.'

''Dach chi'n homles in ddat cês, dydach.' Ac edrychodd Tjeryl i fyny ac i lawr arni, cyn dweud: 'Tjênj i rwbath fel chi, hynny, fydd?'

Trodd Bet a dechreuodd fynd i fyny'r grisiau.

'Hot shit! Hold on!' ebe Tjeryl.

Anwybyddodd Bet hi. Rhoddodd y bedwaredd ris wich o dan ei throed. Gwenodd. Nid oedd dim wedi newid. Ni feddyliodd erioed o'r blaen y medrai hi ar y foment hon gofleidio gwich.

'Dowch i lawr, y beth bowld,' gwaeddodd Tjeryl, 'neu mi fydda i'n ffonio'r ...'

'Duwadd,' meddai Bet, 'dwy bowld o dan yr un to. Be ddaw o'r byd 'ma, dwch?'

Ei hiaith yn ddiarwybod iddi yn newid rhywsut a hen acen yn dychwelyd.

Cyn i Tjeryl feddwl am ateb canodd ei ffôn drachefn. Atebodd. Meddai, 'Ti'n neud o! Io dŵing it. No cwestiyns. Ai cânt ffor iw – no – whai. Tw owyrs, ddats ôl. A paid â ffonio fama til ior owt. Jyst pritend its a lot of mi's lwcing at iw.'

A Bet erbyn hyn yn edrych ar ddrws caeëdig ei hen ystafell wely.

* * *

Edrychodd ar y llanast o bapurau ar ei ddesg. 'Lluwch,' meddai'n uchel. Cododd ambell bapur ar hap. Darllenodd: 'Starting impetuously like a sanguine oarsman setting forth in the early morning I came very soon to a fork in the stream and found it necessary to pause and reflect upon the direction I would take.'

Dyfalodd: James? Ford? Conrad? Dyfalodd fwyfwy: pam y bu iddo gofnodi'r dyfyniad yn y lle cyntaf? Beth yn y frawddeg oedd wedi cydio ynddo, dybed? '... reflect upon the direction I

27

would take,' efallai? Gollyngodd y papur o'i law a chodi un arall. Darllenodd:

'Dwy ar bymtheg oed oedd Goronwy Owen pan ddigwyddodd fod ar ryw berwyl yn Llanr ...'

'Pam gebyst sgwennis i honna lawr?' holodd ei hun yn uchel. Ac '... wst,' meddai'n cwblhau yr enw lle yr oedd ef wrth gopïo wedi ei adael ar ei hanner.

Gwthiodd ei law yn ddyfnach i grombil y 'lluwch' gan ddwyn i'r amlwg damaid arall. Amlen y tro hwn. Ei enw: Tom Rhydderch, a'i hen gyfeiriad gynt yn Harlech – llawysgrifen Nerys Owen, dybed? – ar un ochr. Ar yr ochr arall nodiadau yn ei lawysgrifen ei hun:

Nofel?? Taith yn ôl adref. Ulysses?? Ithaca?? Nostos???

Wel! meddai wrtho'i hun, chafodd honna 'rioed 'i hysgrifennu. Roedd ei orffennol yn llawn o nofelau anorffenedig.

Deffrôdd yr enw 'Ithaca' yr awydd ynddo i ddarllen y gerdd eto. Cerdd ar gyfer henaint? Ei hoff gerdd? Chwiliodd am y gyfrol. Nid oedd trefn o fath ymhlith ei lyfrau ychwaith. Ond medrai weld lleoliad llyfr yn ei gof drwy 'weld' yn ei grebwyll y teitlau a oedd o boptu iddo ar y silff. Ac wele o'i flaen gerddi C. P. Cavafy, yno fel y gwyddai'n iawn rhwng *Y Byw sy'n Cysgu* a *A Discourse on Method*. Agorodd y llyfr bron ohono'i hun yn ei ddwylo ar dudalen y gerdd. Droeon yr oedd o wedi ceisio ei chyfieithu i'r Gymraeg ond wedi methu bob tro. Nid oedd na chyfieithydd na bardd. Dro'n ôl ysgrifennodd at un o'r beirdd gorau i ofyn a fyddai ef yn gwneud y gymwynas. Addawodd dalu.

Darllenodd y gerdd. Wedi ei darllen, a gwrid y gerdd o hyd yn gynnes yn ei ddychymyg – a'i holl gorff, hyd yn oed, yn wahanol – edrychodd drwy'r ffenestr. Gwelodd wraig, ei chefn ato, yn arafu ei cherddediad ar y pafin cyn gollwng, sylwodd – yr oedd hyn yn rhyfeddol! – gwraig gymen ei gwisg a'i hatgoffai o Leri, ei gyn-wraig – sosej a bacwn yn llechwraidd o syrfiét ar hyd lawr gan gerdded yn ei blaen fel petai'r weithred yn perthyn i rywun arall. A oedd o wedi dychmygu'r peth? Oherwydd nid

oedd y wraig yno mwyach, fel petai hi wedi diflannu. Efallai ...
Fe âi i chwilio, penderfynodd. Roedd ganddo lythyr i'w bostio
beth bynnag.

* * *

'Hei! Ac i lle 'dach chi'n meddwl 'dach chi'n mynd?' meddai'r
ddynes oedd ar ei gliniau, pentwr o lyfrau wrth ei hochr, hithau
yn eu gosod fesul un yn ôl ar y silffoedd yn y llyfrgell, pan
welodd Quentin yn ceisio agor y drws wrth ei hymyl.

'Art class,' ebe Quentin – rywle rhwng mwmial a siarad –
wrth wydr y drws o'i flaen.

'Drws tân 'di hwnna. Mae o'n deud arno fo. A llyfrgell ydy
fama. Lle i ddarllan. Darllan: "Drws Tân". Y drws 'na'n fan'cw
'dach chi isio. Mae yna arwydd wrth ei ymyl o. Darllan:
"Dosbarth Celf". Ac am ryw reswm od "Art Class". Does dim
angen dwyieithrwydd, yn nag oes?'

A'i ben am i lawr, heb edrych ar y wraig ar ei gliniau a nofel
Do, Mi, Re Tom Rhydderch yn ei llaw – y wraig a ddywedodd ar
ei ôl, 'Diolch am fod o gymorth i hogyn gwirion fel fi na fedr o
ddarllen' – llithrodd Quentin fel marblan mewn bagatél rhwng
y silffoedd llyfrau i gyfeiriad y drws cywir.

Wedi iddo fynd trwy'r drws oedodd ger y grisiau o'i flaen.
Nid oedd o eisiau gwneud hyn o gwbl. Fe'i gwnaeth unwaith o'r
blaen a byth eto! Ond ni feiddiai neb fynd yn groes i orchymyn
Tjeryl. Nid oedd hi gynnau ar y ffôn wedi dirnad ei wewyr o
gwbl. Yr oedd o'n hwyr, fe wyddai. 'Ffycs sêc,' meddai dan ei
wynt cyn llamu i fyny'r grisiau, dwy ris ar y tro, a thrwy'r drws
i gyfarfod wynebau – chwe wyneb canol oed, Picassos pnawn
Gwener – oedd wedi troi i edrych wrth glywed sŵn ei draed ar
y grisiau.

'I knew that couldn't be Samantha's footsteps,' ebe un.

'Hogyn dio!' meddai un arall.

'Ma 'di bod o' blaen,' ebe'r llall, 'ti'm yn cofio? Oedd o'n
shei.'

'O!' meddai'r athrawes yn dod i'r amlwg o'r cwpwrdd-cadw'r-celfi hefo îsl rhwng ei dwylo wrth ei weld yn sefyll ger y drws, ei ben i lawr, ei law o hyd yn dal bwlyn y drws fel petai unrhyw funud am ei agor a rhuthro'n ôl am allan. 'Dim Samantha? Ond tjênj!' Edrychodd arno. 'A man's body for you all. Ond 'sa hi wedi medru gadal i mi wbod. Samantha. I'll have to rethink my plans now. Barry, os dwi'n cofio'n iawn o'r tro o'r blaen?'

'Ia,' meddai Quentin yn codi ei ben i edrych arni ac i edrych yn frysiog ar y gweddill oedd yn dal i edrych arno ef, ei law o hyd yn dal gafael ar y drws.

'Newidiwch yn y cwpwrdd, Barry,' ebe'r athrawes.

Parhaodd pawb i edrych i'w gyfeiriad gan ddisgwyl iddo symud.

'Y cwpwrdd, Barry,' meddai'r athrawes drachefn. 'Newid!'

Gollyngodd Quentin ei afael ar y drws ac aeth i gyfeiriad y cwpwrdd, ei ben am i lawr o hyd. Gwenodd yr athrawes arno wrth iddo fynd heibio. Gwenodd a chododd ei haeliau ar y gweddill: yr artistiaid oedd bellach yn trefnu eu pensiliau a gosod papur ar yr îsls.

''Sa well gin i Samantha de,' meddai un wraig. ''Di arfar efo hi erbyn rŵan. Medru tynnu'i llun hi a'n llgada i ar gau. Mi fydd raid i mi sbio ar hwn. Ond dyna fo, fel dudodd Ceri, tjênj.'

'Ready, Barry?' meddai'r athrawes, o'r enw Ceri, mae'n amlwg.

Clywodd Quentin ... Barry! Tjeryl fynnodd nad oedd neb i ddefnyddio eu henwau cywir pan oedden nhw'n gweithio neu'n gweithredu'n gyhoeddus. Fel petai hynny'n gwneud unrhyw synnwyr mewn tref fechan fel hon lle roedd pawb yn adnabod pawb arall. 'Samantha' oedd hi'n fama felly. Roedd o wedi clywed – yn y gringrosyr? – Dawn, a Charlie yn rhywle: tu ôl i far? Nid oedd o wedi cofio hyd nes y dywedodd yr athrawes mai fel Barry y cyflwynodd ei hun yr unig dro y bu'n noethlymun o'u blaenau o'r blaen. Barry? Ei ddewis ef? Ynteu awgrym Tjeryl? Barry! Nid oedd o'n teimlo'n Barry.

'Barry!' clywodd Ceri'n galw eto.

Nid oedd o'n teimlo'n Quentin chwaith petai'n dod at hynny. Fwy o label nag o enw? Pwy edrychodd arno gyntaf erioed a gweld 'Quentin'? Ynteu 'Quentin' ddaeth gyntaf ac wedyn fo? 'A very famous barrister,' cofiodd ei dad un tro yn esbonio. Ei dad, mwn, oherwydd ei dad yn unig a fedrai weld bargyfreithiwr mewn babi bach. Nid ei fam. Na, nid ei fam.

'We're ready, Barry! We're waiting. 'Dan ni'n aros,' meddai Ceri yn rhyw led-lafarganu ei dweud.

Neidiodd ei ddwylo i guddied ei wendid. Roedd o wedi tynnu amdano heb rywsut sylweddoli hynny. Ei ddillad yn bentwr wrth ei draed. Arno ef ynteu yn y cwpwrdd yr oedd yr arogleuon stêl?

Ymddangosodd Barry o'u blaenau. Pob un yn dal pensil – 'HB4, I think,' clywodd un yn ei ddweud – yn uchel yn yr aer, eu pennau'n piciad i'r fei o ochrau'r îsls fel petaen nhw'n dynwared sbecian. Ond o safbwynt Barry ymdebygent i filwyr y tu ôl i'w tarianau, y pensiliau'n waywffyn, ei gnawd ieuanc yn hawdd ei niweidio.

'Yyhm!' pesychodd Ceri i'w gyfeiriad a nodio'i phen.

Deallodd Barry a thynnodd ei ddwylo o'i wendid.

'Discus thrower, I think,' ebe Ceri. 'Dangoswch i ni, Barry.'

Arhosodd Barry'n gwbl lonydd.

'Fel hyn!' meddai Ceri, ei diffyg amynedd yn dechrau amlygu ei hun. Dangosodd iddo yr ystum a'r ystumiau yr oedd hi eu hangen ganddo: un fraich am ymlaen, un fraich am yn ôl; y cefn a'r pen yn gwyro ond mewn llinell syth; y coesau ychydig ar led; y llygaid yn daer tua'r nod; y llaw dde'n agored ond yn dynn am y disgws nad oedd yno.

'Fel 'na!' ebe Ceri. 'The discus thrower! Twenty minutes. Ugain munud.'

Clywodd yntau sgriffiadau'r pensiliau ar y papur, y pennau'n ymddangos a diflannu, diflannu ac ymddangos ar yn ail o'r tu ôl i'r îsls fel petaent yn chwarae mig ag o. 'Ga i drio'r Conté 'na gin ti?' meddai rhywun. Gwelodd y ceinciau ym mhren y llawr fel llygaid ychwanegol yn edrych arno. 'Pen i fyny, plis, Barry,' meddai Ceri, 'a teimla'r disgys 'na yn dy law. Ti ar fin 'i thaflyd hi. Did you notice the muscles in his arms tensing when I said that, all of you? Did you understand what I said? Try and capture that tension in your shading.'

Gwyddai yntau y medrai gerdded allan unrhyw adeg y dymunai. Rhoi ei ddillad yn ôl amdano. Codi dau fys. Cic i îsl ar y ffordd allan. Ymddiheuro'n smala gyda: 'Sori, Conté!' Hynny a ddymunai. Ai hynny a ddymunai? Ond nid oedd yr hyn a wyddai a'r hyn a ddymunai yn trosi eu hunain yn weithred. Yr oedd ei ewyllys i fynd yn cael ei threchu gan y rhywbeth mwy ynddo a'i cadwai lle yr ydoedd. A *mynd* yn golygu *aros*.

'New pose!' ebe Ceri. 'Yr Arwr tro 'ma. The Warrior, everybody!'

Gwthiodd hithau ei freichiau tua'r nenfwd, plygodd ei gefn, sythodd ei ben: ei blygu, ei sythu, ei droi, ei sythu, ei droi, ei blygu. Camodd am yn ôl, edrych: 'The Warrior!' meddai.

Dechreuodd Barry sylweddoli pa mor hydwyth ydoedd. Medrai ei gorff ieuanc wneud unrhyw beth. Teimlodd ryw lawenydd annisgwyl ynddo'i hun. Ai dyna pam yr oedd y bobl hyn yn dod yma bob pnawn Gwener? Nid i dynnu lluniau ond i gael bod yn agos, mor agos ag oedd yn dderbyniol i hen grocs fel hyn, at gnawd ieuanc waeth beth oedd y rhyw?

'I'm getting a wonderful rib-cage here,' ebe rhywun.

Wedi'r 'Arwr' daeth 'Y Gwibiwr'. Wedi 'Y Gwibiwr', 'Yr Un a Ddallwyd gan yr Haul'. ('Look at those hands! Look at that thigh!' dywedwyd.)

Yna heb iddo amgyffred hynny, canfu Barry ei hun yn ôl yn ei ddillad.

Heb gydnabod neb – er iddo glywed, 'There's you! Look' – aeth Quentin i lawr y grisiau, ugain punt wedi ei sgrwnsio'n belen yn ei law.

* * *

Beth a ddisgwyliai yn yr eiliadau a gymerai i wthio'r drws ar agor? Pwy oedd yn gwthio? Hi rŵan ynteu hi naw oed? Y mae yr hyn y gwyddai y gwelai o fewn yr eiliad nesaf eisoes yn weladwy yn ei hymennydd. Y mae map o'r byd ar y wal. Y mae baneri bychain ar goesau o binnau hyd-ddo. Y mae'r baneri wedi eu lliwio. Y mae enwau prifddinasoedd wedi eu hysgrifennu ar y baneri lliwiedig. Salisbury yw enw prifddinas Rhodesia. Llundain yw enw prifddinas Prydain Fawr. Washington yw enw prifddinas Unol Daleithiau America. Mosco yw enw prifddinas yr USSR. Y mae dau lyfr ar y llawr wrth erchwyn y gwely nad yw hi wedi ei gyweirio er iddi ddweud wrth Anti Catrin iddi wneud hynny, a phâr o nicyrs budron ac un hosan. Enwau'r llyfrau yw *Fox in Socks* a *Luned Bengoch*. Y mae hi'n licio agor y drws yn araf bach ac wedyn ei gau'n sydyn oherwydd yn yr ystafell yn y drych ar y wal mae yna hi arall sy'n wastad yn tynnu tafod arni. Y mae hi'n galw'r hi arall yn 'Hen Gnawes Fach'. Y mae Anti Catrin yn ei galw hithau'n 'Hen Gnawes Fach' weithiau.

Edrychai Tjeryl mewn cryn benbleth ar y wraig bowld hon yn gwthio'n araf ar agor ddrws yr ystafell wely, ei thafod yn fawr am allan o'i cheg. A chau'r drws yn sydyn.

'Yr Hen Gnawes Fach!' meddai Bet.

'Dont iw col mi ddat, iw bitj,' ebe Tjeryl yn mynd amdani, ei llaw o'i hôl yn magu nerth peltan.

Trodd Bet i wynebu Tjeryl a gwelodd Tjeryl y dagrau'n llifo i lawr gruddiau Bet.

'Do's 'na'm byd yn fan'na ond cariyr bags. Sbïwch!' ebe Tjeryl yn agor y drws a pheri i Bet weld bron gannoedd o fagiau plastig Pepco yn dew hyd lawr. Y bagiau yn symudiad yr aer fel rhyw anghenfil bronwyn yn anadlu ac ymarfer yn esmwyth ei gyhyrau; sŵn ei anadl fel rhyw 'Siii' tawel.

'Cariyr bags,' meddai Tjeryl yn ddistawach. 'Sbïwch,' yn ddistawach fyth. Ei dwy law yn ysgafn ar ysgwyddau Bet yn ei throi fymryn i'w galluogi i weld. Yn ymchwydd gwyn y cariyr bags, 'Siii,' clywodd hithau.

* * *

'I got up and I felt the big win inside, you know. Of course you know.'

(Gwelodd nifer yn y cylch yn nodio'u pennau mewn cyd-ddealltwriaeth.)

'So I get myself dressed. I tell the boy to cook her the breakfast. We just had this one demanding snob staying.' (Clywyd sŵn chwerthin.) 'Do the bacon and eggs and sausage, I say. And all the time the win, the sure win, is ticking in my brain. Tick. Tick. Tick. The galloping gee-gees. And my pick ahead of them all. And my brain tells me, why stop at a ton? Why stop at two? At three? Know what I mean? Of course you do.'

(Gwelodd fwy o bennau'n nodio'u cytundeb.)

'Put the grand down. Put the bleedin' lot down. So I go to the bookies, my brain tick-ticking through the back streets. And they're not open! How dare they not be open for me who's just won a race in his mind, the race of his life, and is here to pick up the winnings before he's placed the bet even. Know that one? Of course you do. So me and my tick- ticking brain go round and round the town. Waiting and knowing. Knowing and waiting. I think someone said Hello! But why would I want to say Hello! back. How dare they think I'd want to. So there I am back at the bookies. Door's open. Open for me. Especially for me. The grand is out of my pocket. In my hand. And then I see his smile. He smiled at me. From behind the counter. You know that smile? Yeah, you do.' (A gwelodd rai'n gwenu.) 'The smile that says, "Here comes the loser again." He was laughing at me. Inside he was laughing at me. At us. "Nice to see you again, Mr Tattersall," he says. "Adam," he says. "It's been a while," he says. Smiling. And the smile says: "Welcome home, loser. Knew you'd come back. Fuckheads like you always come back." And it's then that my brain stops tick-ticking. It sort of changed gear. I put the grand back in my pocket. And I walk out. I feel his smile on my back like a hot poker. But I don't turn round. No, I don't turn round. I don't react. I just leave. I walk on. On the

Square I see my one guest looking a tad confused having dropped her bag. I pick it up and I give it to her. "You dropped your bag, darling," I say. She takes it but she doesn't know me. I begin to think she might be ill. But I'm at the tail end of my own storm. So I go on. I went home. I go on. Knowing I had to come to a meeting. So here I am. I go on.'

Gwthiodd Adam Tattersall ei gefn yn galed yn erbyn cefn ei gadair; gwyrodd ei ben am yn ôl, ei lygaid ynghau. Ochneidiodd.

Curodd y gweddill eu dwylo. Un neu ddau yn wresog iawn.

'Good to see you back, Adam,' meddai rhywun. 'And keep coming back, son,' meddai rhywun arall.

* * *

Ar ben y grisiau, y ddwy'n eistedd ar y ris uchaf erbyn hyn, canfu Bet fod ei braich am ganol Tjeryl. Sylweddolodd hynny a thynnodd ei braich ymaith.

'Nefyr sho ior fylnyrabulitis, ia?' meddai Tjeryl wrth deimlo'r fraich yn cael ei thynnu'n ôl.

'O, reit,' ebe Bet, 'mi gymra i'r banad.'

''Nes i ddim cynnig un,' meddai Tjeryl.

'Wel, tasach chi wedi cynnig,' ebe Bet, 'mi ddywedwn i y liciwn i'n fawr banad.'

Teimlodd Tjeryl ryw oruchafiaeth ac meddai: 'Gofynnwch am un, ta.'

Yr eiliad y dywedodd hynny, difarodd ei ddweud. Yr eiliad nesaf, difarodd ddifaru oherwydd pam y dylai hi gydymdeimlo â rhyw hen sguthan na welodd hi erioed o'r blaen, a oedd wedi martjo i mewn i'w thŷ yn ddirybudd, a bygwth ei throi allan mewn chwipyn?

'Plis,' meddai Bet.

'Be?' ebe Tjeryl o'i chroesddywediadau ei hun.

'Plis,' meddai Bet eto.

'Pidiwch â begian,' ebe Tjeryl. 'Gas gin i bobl sy'n begian.'

'Sori,' meddai Bet.

'An pipyl hw sei sori,' ebe Tjeryl.

Yr oedd Bet yn dal i eistedd ar y ris uchaf a Tjeryl bellach hanner ffordd i lawr y grisiau. Daeth i feddwl Bet yn sydyn ei bod yn edrych i lawr arni. A Tjeryl yn gorfod edrych i fyny arni hi. Fel petai hynny wedi peri iddi adfeddiannu ei hyder, meddai:

'Go brin fod gynnoch chi Lady Grey yn y lle 'ma?'

'God ol maiti,' ebe Tjeryl, 'ddy batyl of ddy ti bags bigins. Ond bilîf ut or not de, ma gin i. Yn y lle 'ma, as iw sei.'

'Lle guthoch chi nhw?' meddai Bet yn darganfod ei bod yn biwis oherwydd ateb Tjeryl, ond rhywsut hefyd yn difaru iddi ofyn y ffasiwn gwestiwn.

''U dwyn nhw,' ebe Tjeryl. 'Mae 'na fwy i mi na PG Tips, bilîf ut or not.'

Canfu Bet ei hun yn gwenu, er nad gwenu oedd ei bwriad.

'Cym on,' ebe Tjeryl yn ysgwyd bysedd ei llaw arni, 'cyp-o-ti, del. A watjwch faglu yn y sodla 'na. Last thing dwi isio ydy ambiwlans a ecsblaneishyns.'

'O! Dwi'n siŵr,' meddai Bet wrth amgyffred rhywbeth na wyddai'n iawn beth ydoedd.

Cyrhaeddodd Bet y bedwaredd ris o'r gwaelod a chlywodd y wich drachefn. Gwthiodd ei throed i'r pren eto a chlywodd eilchwyl y wich.

'Ma'r stepan 'na'n gneud y sŵn 'na o hyd,' ebe Tjeryl. 'Ma isio i bwy bynnag sy bia'r tŷ 'ma fendio petha.' Winciodd ar Bet.

'Estalwm,' meddai Bet, 'a finna'n fach yn 'y ngwely a'r twllwch rhwsud yn 'y moddi fi, ac yn methu cysgu, mi fyddwn i'n gwrando er mwyn cal clŵad y wich yna. Oherwydd mi oeddwn i'n gwbod wedyn fod Anti Catrin yn dal yn fyw ac yn mynd i'w gwely. A mi fyddwn i wedyn yn ... mendio drwydda.' Oedodd Bet fymryn cyn mynd ymlaen: 'Gewch chi ddeud wrth bwy bynnag bia'r tŷ 'ma am beidio byth â mendio'r ris yna.'

'Ocê ... Ail dw ddy ti, ai thinc,' ebe Tjeryl.

Edrychodd ar Bet ac meddai:

'So! Lle ma'r bowlan siwgwr yn cal 'i chadw, ta?'

'Dwi'm yn cymryd siwgwr,' meddai Bet.

'Licio petha'n butyr, ia?' ebe Tjeryl.

Yn naturiol, cerddodd Bet i'r parlwr. Yn ei thŷ ei hun medrai fynd i unrhyw le y dymunai. Brathodd Tjeryl ei thafod ac aeth i'r gegin er mwyn gwneud y baned. Y Leidi Gre.

Dychrynodd Bet wrth weld y parlwr. (Ynteu rhyfeddu a wnaeth? Ni wyddai pa deimlad oedd yn ceisio enw iddo'i hun. Neu ba enw oedd yn ymbalfalu am y teimlad.) Nid oedd dim ynddo wedi newid. Yr oedd yn union yr un fath. A newid yr oedd wedi ei ddisgwyl. Na, nid newid ond dirywiad. A llanast. Yr oedd ei rhagfarnau wedi ei rhagbaratoi ar gyfer annibendod: blychau llwch llawn dop o stwmps; caniau cwrw; condoms wedi eu chwythu'n swigod, a'u clymu, a'u gosod i hongian o'r corneli. Wedi'r cyfan, y mae'r dosbarth canol yn gwybod yn iawn sut y mae'r sothach oddi tano yn byw.

Yr un oedd y papur wal, y soffa a'r ddwy gadair. Y piano hyd yn oed. Ei gaead ar agor. Y nodau gwynion, danheddog – a glân – fel petaent yn ysgyrnygu arni oherwydd ei meddyliau israddol. Rhwbiodd ei llaw ar hyd top y cas gan obeithio canfod llwch. Ond nid oedd llychyn. Yn cyniwair ynddi teimlai ryw siomedigaeth am nad oedd wedi cael pethau'n iawn, siomedigaeth a oedd yn prysur ymffurfio'n ddicter. Ceisiodd ei rhagfarn ffordd arall o ddirnad pethau: rhy ddiog oedd y bitj bach i newid dim, siŵr. Naci! Naci! Rhy ddiddychymyg oherwydd fyddai gan rwbath-fel-hon ddim chwaeth i fedru newid dim, dim tast, ac fel eraill o'i theip a'i dosbarth fe ddefnyddiai pa gelfi bynnag oedd yna'n barod hyd nes y disgynnent yn dipiau a mynd ar bwrs y wlad wedyn er mwyn cael pethau eraill ail-law i gyd-fynd â'i bywyd ail-law.

Ond yr oedd y parlwr yn lân, yn gyfan, yn dyst i ofal. Chwarae teg iddi, meddai – a'i rhagfarn bellach yn troi i'r nawddoglyd – chwarae teg iddi.

Uwchben y lle tân crogai'r drych a fu'n hongian yno cyn y dilyw yn ei ffrâm euraid o ddail derw a mes. Gwyddai pe codai ef am i fyny ac edrych ar y cefn y gwelai yno: *Bet Hughes, 1964* yn llawysgrifen ei mam. Edrychodd i'r glàs. Edrychodd. Ac edrychodd. Fel petai'n disgwyl i'r gwydr ryddhau o'i ddyfnder cêl yr holl wynebau a fu'n edrych ynddo erioed. Am eiliad hir yr oedd hi'n grediniol y deuent; yn eglur fel y gwydr difrycheulyd ei hun. Ond dim ond y hi oedd yna ar yr ochr arall yn edrych arni ei hun. Hi sarrug, dirnadodd ... Ond na! Na! O'i hôl gwelai o bellter hi iau yn dynesu o ddirgelwch y drych a phaned yn ei llaw.

'Ior Leidi Gre,' meddai yr adlewyrch wrthi. Trodd hithau mewn siomedigaeth i dderbyn y gwpanaid ac meddai:

'Mae'r ystafell 'ma'n lân iawn.'

'Yndy!' ebe Tjeryl. 'Rhag cwilydd i mi na 'swn i 'di cadw at y sterioteip ddats in ior maind de.'

'Dwi'm yn ystry ... sterioteipio neb,' meddai Bet.

'Off cos not,' ebe Tjeryl.

Eisteddodd y ddwy. Bet ar y soffa. Tjeryl ar y gadair freichiau. Petai hi ddim yn gwybod yn wahanol y foment hon medrai Bet daeru mai bachgen oedd Tjeryl. Ei gwallt byr. Ei dillad bachgennaidd. Ystrydebu eto?

Edrychai Tjeryl drwy'r ffenestr ar y dyn pen moel oedd yn byw, gwyddai, dri drws i lawr oddi wrthi – roedd o'n ysgrifennu llyfrau, dywedwyd wrthi – yn mynd heibio a golwg fel petai o'n chwilio am rywun arno.

Sipiodd Bet ei the. Daeth yn ymwybodol o sŵn pry ffenestr.

'Wedi rhedeg allan o betha i ddeud ydan ni, ynte chwilio am rywbeth i ddeud ydan ni?' holodd Bet.

'Do-no. Io go!' ebe Tjeryl.

Po fwyaf y gwrandawai Bet ar sŵn y pry, mwyaf yn y byd y cynyddai ei sŵn ar ei chlyw. Ei suo hir am yn ail â'i gleciadau yn erbyn gwydr y ffenestr, gwydr lamp a phren. Wedyn distawrwydd. Wedyn suo. Wedyn clec. Wedyn distawrwydd. Wedyn suo. Wedyn clec. Wedyn distawrwydd. Wedyn suo. Wedyn clec. Teimlodd Bet bethau ynddi yn cyniwair na ddymunai iddynt gyniwair oherwydd yr oedd hi wedi dod yma er mwyn medru mynd oddi wrthynt. A'u distewi. Wedyn suo. Wedyn clec. Wedyn suo. Wedyn clec. Wedyn suo. Wedyn Tjeryl yn llamu ar draws yr ystafell, papur newydd yn bastwn yn ei llaw. A chlec. Clec wahanol. Angheuol. Rhyddhawyd y cwbl o fewn Bet gan y glec farwol honno a dechreuodd ei dagrau lifo. Daeth rhyw sŵn drwyddi a'i darddle rywle yn is na seiliau'r tŷ. Edrychodd Tjeryl yn ddiddeall arni.

'Mond pry oedd o!' ebe Tjeryl.

'Naci!' meddai Bet. 'Bywyd oedd o!' A phob gair unigol fel gris yr oedd ei llais yn cerdded am i fyny arni nes bron cyrraedd sgrech.

'Yr holl ladd diamcan, dibwrpas, creulon,' meddai hi. 'Mae fy mab i wedi marw. A dyna chi pam yr ydw i yn ôl. Er mwyn trio gneud sens o rwbath y gwn i yn iawn nad oes yna sens ar ei gyfyl o. Dyna chi pam mae'r het wirion yma'n ista o'ch blaen chi. Wel! Cytunwch hefo fi, bendith dduw i chi. Cytunwch hefo'r het wirion y gwn i'n iawn 'ch bod chi'n 'i dirmygu hi ac yn dyheu am iddi hi fynd o 'ma.'

Penderfynodd Tjeryl eistedd wrth ei hochr. Mor agos ag a deimlai'n briodol a chyfforddus. Nid iddi hi, ond i Bet. Llithrodd ei llaw ar hyd defnydd y soffa i'w chyfeiriad a gadael gagendor bychan rhwng ei llaw a choes Bet. Yn y man, croesodd Bet ei llaw ei hun ar draws ei choesau a chydio'n dynn, dynn yn llaw Tjeryl. Teimlodd Bet ei hun yn dechrau gwirioni ar ieuenctid y llaw. A'r gwirioni hwnnw yn ymledu drwyddi gan ddofi y teimladau eraill nad oeddynt o'i phlaid. Y funud hon gwyddai fod bywyd ieuanc o'i gyffwrdd yn medru iacháu popeth. Trodd ei hwyneb i edrych ar Tjeryl. Canfu fod Tjeryl eisoes yn edrych arni hi.

Pwy, meddai wrthi ei hun, ydy'r hogan ryfeddol hon? Yn hyglyw, meddai Bet: 'Guthwn i aros yma heno? Sgin i nunlla arall i fynd. Dwi'n ddigartref yn allanol ac yn fewnol.'

'Ior hows!' ebe Tjeryl.

'Nid fy nhŷ i ydy hwn,' meddai Bet. 'Guthwn i aros, os gwelwch chi'n dda?'

Syllodd Tjeryl arni.

'Ocê,' meddai.

* * *

Yr oedd Tom Rhydderch wedi cyrraedd pen draw'r stryd ond nid oedd golwg o gwbl o'r ddynes ryfedd oedd wedi taenu bwyd ar y pafin. (Gwenodd wrth weld fod rhywun wedi troi Stryd Garnon yn Stryd Gamon. Pa ham? meddai wrtho'i hun.) Beth barodd iddo fynd i chwilio amdani, dybed? Dim ond ei chefn a welodd. Ysfa'r awdur ynddo o hyd, efallai, i ddilyn un o'i gymeriadau drwy'r tir corsiog, llawn niwl hwnnw y mae'r brwdfrydig yn ei ddiniweidrwydd llethol yn ei alw 'y dychymyg'? Pasiodd y dyn darllan mityrs letrig o.

* * *

O ddynes a feddyliai fod ganddi bopeth, canfu Bet ei hun yn wraig nad oedd ganddi ddim.

'Gwrandwch,' meddai wrth Tjeryl, 'mi fydd raid i mi fynd yn ôl i'r Archers' Rest oherwydd dwi 'di gadael 'y mag yno.'

'Fydd ddim raid i chi,' atebodd Tjeryl hi. 'Mi ro i ringsan i Quentin a mi geith o ddŵad â'ch bag chi i fama. Neu'r hen Adam 'i hun falla os gnuthoch chi impreshyn. Aim shiwyr iw did, de!'

Teimlodd Bet rywbeth yn diffygio o'i mewn. Yr oedd y diwrnod wedi bod yn un hir, ac er, efallai, ei bod hi'n dymuno gwybod – oedd hi? – ni faliodd ofyn i Tjeryl beth oedd y cysylltiad, os oedd yna un, rhyngddi hi a Quentin. Clywodd Tjeryl ar y ffôn, ei llais yn dyfod o ryw bellter mawr. Pellter ei blinder ei hun, mae'n debyg, meddyliodd. Plygodd i godi'r papur newydd a ddefnyddiodd Tjeryl i ladd y pry oddi ar y llawr. Teimlodd ryw benstandod. Gollyngodd ei hun yn glewtan i'r gadair freichiau. *Cogito, ergo sum*, ochneidiodd. Sylweddolodd fod y papur yn rholyn yn ei llaw o hyd. Cofiodd fel y bu iddi brotestio yn ei meddwl â'r afresymoldeb mwyaf pan ddaeth y swyddogion i ddweud am farwolaeth ei mab: 'But we are *Telegraph* readers!' Fel petai darllen y *Telegraph* yn gwarantu y byddai bwled neu fom yn bownd o'i hosgoi hi a'i thylwyth a tharo darllenydd y *Sun* yn hytrach. Roedd gweddillion y pry ar flaen y papur. Un aden yn gyfan o hyd. Yn dryloyw ac yn brydferth fel broitj bychan. Dadrowliodd y papur a gwelodd lun o gwch yn llawn i'r ymylon o bobl yn cael eu hamgylchynu gan donnau mawrion. Yr oedd hi ei hun yn y cwch, amgyffredodd, a'r lleisiau anghyfiaith yn ymbil arni. Un wraig yn erfyn yn daer arni i gymryd ei baban cyn llyncu'r dŵr hallt a diflannu. Ond nid oedd lle yn ei galar i fedru cydymdeimlo hefo rhywun arall. Mae galar bob amser yn llawn dop. Roedd cwch ei gofid hi ei hun yn orlawn. Y papur yn llithro o'i gafael.

Pan ddeffrôdd roedd Quentin ar ei hyd ar y soffa, Tjeryl ar ei phen ôl ar lawr wrth ei ymyl yn peintio ei ewinedd yn ofalus, dyner.

'Dangos,' meddai wrtho.

Dangosodd yntau ei law a sylwodd Bet ar ei ewinedd cochion.

'Melyn ar y llall?' holodd Tjeryl.

'Ocê,' meddai yntau.

Chwilotodd Tjeryl yn y bag bychan wrth ei hochr am y botel o baent gwinedd melyn. Wrth wneud, daliodd ei llygad Bet yn edrych i'w cyfeiriad.

'Oddach chi ffâr awê,' ebe Tjeryl wrthi.

'Oeddwn i?'

'But we are *Telegraph* readers,' ebe Tjeryl. 'Ddudoch chi hynna, chi. 'Ndo, Quentin? Shi dud ie?'

'Do,' meddai Quentin yn codi ei ben o'r soffa i edrych arni.

'Didn't think I'd see you again, Quentin,' meddai Bet wrtho.

'I be 'dach chi isio siarad Susnag hefo fo?' ebe Tjeryl.

'Am ...' dechreuodd Bet ei hateb ond ymataliodd rhag mynd yn ei blaen pan welodd Quentin yn gwenu arni. Gwên oedd rhywsut yn dweud, 'Wyddoch chi ddim byd.'

Trodd Bet ei golygon oddi wrtho a gwelodd ddyn pen moel yn mynd heibio'r ffenestr.

'Gna traed fi,' meddai Quentin.

'Orenj?' holodd Tjeryl a goglais ei ochr.

'Mm ... O'n i'm yn gwbod ma' Samantha odda chdi'n fan'na.'

'Tjênj o Tjeryl, ia.'

'Barry oedd nw'n galw fi. O'n i 'di anghofio.'

'Fydd neb yn gwbod pw' 'dan ni. Well fela, sti. How's old Adam?'

'Meddwl fod o'n gamblo eto. Sgynnon ni byth bres i dalu i bobl am betha.'

'Cofia di roid pres pnawn i fi. Twenti ffaif.'

'Twenti!' ebe Quentin.

'Twenti ffaif,' meddai Tjeryl yn codi fymryn ar ei heistedd.

'Ond twenti gesh i,' ebe Quentin.

'Ma nhw 'di dy ddudlo di. Pyrfats wudd pensuls, ol of ddem. Sortia i o.'

Llithrodd Tjeryl ei boch ar hyd corff Quentin nes cyrraedd ei draed. Sugnodd ei fawd mawr.

'Oweinj,' meddai a'i cheg yn llawn. Chwarddodd Quentin.

Edrychodd Bet ar hyn i gyd fel petai hi yr ochr arall i ryw wydr mawr. Wedi ei chau allan. Ar y foment honno trodd Tjeryl a Quentin i edrych arni hithau. Gwenodd y ddau arni o'r tu draw i'r gwydr. Er deisyfu hynny canfu na fedrai hi wenu'n ôl. Roeddynt hwy fel gwac a mew a hithau fel alltud.

'Mae o wedi dŵad â'ch cês chi,' meddai Tjeryl.

'O! ... Diolch,' ebe Bet fel petai hi'n deffro. Deffro o rywbeth ynteu deffro i rywbeth? Ni wyddai.

* * *

Yr oedd yn Tom Rhydderch, fe wyddai, ryw fath o sgrin rhyngddo ef ei hun ac anferthedd ei deimladau a alluogai'r teimladau hynny i'w gyrraedd nid yn eu rhyferthwy ond drwy groen tenau y sgrin. Cyrhaeddent wedi hynny yn ddiniweitiach ac yn bethau gwannach. Fel y mae ton allan yn y bae, yn ffyrnigrwydd gwyllt, yn cyrraedd y traeth yn y man yn ddi-ffrwt, ei hegni wedi ei ddiffodd. Hwyrach fod sgrin warcheidiol o'r fath ym mhawb, yno i'w hamddiffyn rhag y teimladau cyntefig, egr a chryf a eill heb y glastwreiddio angenrheidiol hwn eu hysu'n llwyr. Cyfran o deimlad a ddaw i bawb: hyn a hyn o ofn; dogn cyfforddus o gariad; rhyw lond llwy fwrdd o falais; ecob o angerdd. Oherwydd pe deuent yn eu noethni cynhenid fe leddid y dyn. Yn wir, proffwydi a llofruddion yn unig sy'n medru derbyn y teimladau yn eu purdeb a'u goresgyn. Ond weithiau i feidrolyn fel Tom Rhydderch, hyd yn oed, daw twll yn y sgrin. A medr haid o'r teimladau dilychwin dorri'n rhydd a dianc drwyddo'n feirch sy'n gwehyru yn yr ymennydd, a'u pedolau'n gwreichioni ar hyd heolydd cyfyng y gwaed. Cyn adfer eto, mewn pryd, y sgrin a gyrru'r teimladau'n ôl i'r erwau pell sydd dan gaddug anghofrwydd. Digwyddai hyn unwaith yn y pedwar amser i Tom Rhydderch flynyddoedd yn ôl. Flynyddoedd maith – oherwydd felly y teimlai iddo heno – yn ôl. Ar yr adegau hynny fe gâi gip ar ddüwch, a thwyll, a rhagrith, a blaen ysgall ei fywyd ei hun. Ond hefyd – a hyn oedd y peth mawr! – ar ryw angerdd di-bendraw ynddo. Angerdd dihysbydd. Angerdd angenrheidiol awdur. Ond nid heno. Nid mwyach. Heno, dyn yn cofio angerdd ydoedd.

Dyma ei feddyliau wrth sipian paned o de llugoer ar ôl dychwelyd o fod yn chwilio am y wraig ryfedd – dim ond i ben y stryd – ac yntau'n sbio bellach drwy'r ffenestr ar y cyfarwydd diflas. Diflas, ond diogel. Rhwng dau olau.

* * *

'Pam ma 'na gath 'di marw ar 'ch glin chi?' ebe Tjeryl wrth Bet wedi i Quentin adael.

'Be?' meddai Bet yn edrych ar ei glin rhag ofn ... ac yn rhyw hanner codi o'i chadair.

'Ciwriositi cild ddy cat!' ebe Tjeryl. 'Gewch chi ofyn, chi. Am Quentin a fi. Mae o ol ofyr io ffes.'

'Na, dwi ddim yn meddwl fod ciwriositi, chwedl chitha, yn mynd i ladd y gath yma,' meddai Bet yn rhoi o'r neilltu ei chwilfrydedd, a Tjeryl yn rhyw ddechrau, mwy na dechrau, dirnadodd, ei hanniddigo'n fewnol eto. Rhywsut teimlai Bet yn llai na hi ei hun.

'Miaw!' ebe Tjeryl yn gwenu arni. 'Ol iw nîd tw no, de, ydy nad ydy Quentin a fi na'r lleill yn perthyn i'r twll lle 'ma. A bicos wi dont bilong, wi bilong twgeddyr. A 'dach chi'n preim candidet i gal joinio ni. 'Dach chi o no fficsd abôd, dydach?'

Nid oedd awydd yn y byd ar Bet ddilyn trywydd dim o'r *non sequitur* yma. Ni fyddai wedi cael cyfle beth bynnag, oherwydd canodd ffôn Tjeryl.

'God!' ebe Tjeryl yn edrych ar ei ffôn.

'Nefi!' ebe Bet. 'Mae 'na bobl bwysig iawn yn 'ch ffonio chi.'

'Hot shit,' ebe Tjeryl wrth y llais yr ochr arall. 'Wer ar iw? ... Stei dder ... Stei wher iw ar an ai wil bi dder in twenti ... Dden pritend iwf got a pyncjar! ...'

Stwffiodd ei ffôn i'w phoced.

''Dach chi'n medru dreifio?' ebe hi wrth Bet.

'Wrth gwrs! Pam?'

'Sgynna i'm amsar i ffendio dreifar arall. Ma 'na riwin ... 'di marw. A ma nw isio fi yna. Rŵan. Dowch. Goriada! Lle ma nhw?'

'Rhein?' meddai Bet yn codi allweddi car o'r bwrdd.

'Ia! Wai dudnt iw sei swnyr?'

'Pwy sydd wedi marw?'

'Dowch, wir dduw. *Jyst* â marw mae o.'

'Ond mi ddudoch fod riwin *wedi* marw.'

'Jyst, dowch!'

Cipiodd Bet ei bag.

'Pa gar?' meddai ar y pafin gan sbio ar yr holl geir.

'Nyn of ddem,' ebe Tjeryl.

Gafaelodd ym mraich Bet a'i thynnu ar ei hôl.

'I lle 'dan ni'n mynd?' holodd Bet, ei chluniau'n trymhau.

'Parcing!'

Wedi cyrraedd pen pellaf y stryd croesodd y ddwy y lôn. Yn

croesi o'r ochr arall yn y pellter yr oedd y dyn pen moel. Arhosodd ef ar ganol y lôn gan edrych i'w cyfeiriad. Gwelodd Bet ef.

'Dwi'n siŵr ...' cychwynnodd Bet ddweud.

'Dwi'm isio gwbod,' ebe Tjeryl. 'Ffastiwch hi!'

Aeth y ddwy o dan dwnnel-dan-ffordd, y waliau concrit yn chwyddo sŵn eu rhedeg.

'Stopiwch am bach,' meddai Bet.

Plygodd hithau gan roi ei dwy law ar ei chluniau.

'Cym on!' ebe Tjeryl. ''Dan ni jyst yna. Dwi'm isio hartan yn fama.'

'Chewch chi 'run,' meddai Bet. 'Fi geith.'

'Iw ai ment,' ebe Tjeryl yn troi ati.

Cododd Bet ei phen, sythu ei hun, chwifio ei llaw i ddweud wrth Tjeryl am fynd o'i blaen, a daeth hithau ar ei hôl yn dal y wal. Yn y man daeth i geg y twll-dan-ffordd. Yno o'i blaen roedd y 'parcing', neu ddarn o dir beth bynnag, lle bu ar un tro, mae'n amlwg, adeilad o ryw fath.

Fan hyn oedd capel be-oedd-ei-enw-fo, holodd Bet ei hun. 'Be oedd yn fama?' gofynnodd i Tjeryl.

'Be 'di'r otj!' atebodd Tjeryl oedd bellach wrth ymyl car. Yr unig gar yn y parcing.

'Dio'm be 'dach chi 'di arfar efo fo byt ut gos,' ebe Tjeryl.

Agorodd Bet ddrws y dreifar a phwyso ei phenelin arno i gael ei gwynt ati.

'Steddwch. A startiwch o,' ebe Tjeryl oedd eisoes yn y sedd arall.

Camodd Bet i mewn i'r car. Edrychodd yn y drych a newid ei safle i'w siwtio hi.

'Sgynnon ni mo'r amsar i neud petha fela,' ebe Tjeryl.

Anwybyddodd Bet hi. Ysgydwodd ffon y gêrs. Estynnodd ei braich i roi ei gwregys diogelwch amdani. Rhywfodd fe'i synnwyd fod un yna o gwbl. Synnwyd hi fwy pan glywodd glic bachyn ei gwregys yn mynd i'w le wrth ei hochr. Rhoddodd yr allwedd yn yr ignishyn a thaniodd yr injan.

'Mae o'n startio!' meddai Bet.

'Wrth gwrs 'i fod o!' ebe Tjeryl. 'Wat iw ecsbecd?'

Gwasgodd Bet ei throed yn ysgafn ar y sbardun.

'Fawr o betrol, ma gin i ofn,' meddai. 'Well ni nôl peth, dwi'n meddwl.'

Hitiodd Tjeryl y cloc a llamodd y nodwydd i hanner llawn.

'Digon yn fan'na,' ebe hi. 'Rŵan get a mwf on.'

Symudodd Bet y car.

'Gola!' gwaeddodd Tjeryl.

'O ia! Ddrwg gin i,' meddai Bet.

Stopiodd Bet y car yn sydyn.

'Does 'na ddim leinshans ar hwn,' meddai.

'Oes, ma 'na. Withia,' ebe Tjeryl. 'Rŵan awê. Plis! Dwi 'di deud y baswn i yna mewn twenti neu fydd o 'di mynd. Un fela ydy o.'

'Pam?' meddai Bet yn llawn amheuon bellach. 'Ydy o wedi marw o'r blaen?'

'Ha blydi ha. Awê!'

'I lle?' holodd Bet.

'I fyny am Rostryfan.'

'Awn ni i weld Kate Roberts!' meddai Bet yn cynhesu drwyddi rywfaint ac edrychodd drwy'r ffenestr ochr yn gyffro i gyd. 'O!' meddai. 'Mae hi'n tywyll heno. A mi fydd raid i mi gadw'n effro wrth ddreifio. 'Sa'm byd gwaeth na'r byw sy'n cysgu.'

'Am be 'dach chi'n sôn!' ebe Tjeryl. 'Cadwch at y limit, reit. 'Dan ni'm isio cal 'n stopio. Ne fydd o'n ffeital.'

'Dwi bob amser yn gneud!' meddai Bet yn ffieiddio drwyddi. 'Dwi ddim yn ddynas sy'n torri'r gyfraith.'

Dechreuodd Bet ymlacio yn y man. Adroddodd enwau lleoedd – hen leoedd cyfarwydd – yn ei phen. Llanfaglan yn fan'cw. Saron wedyn. Y Foryd. Caer Belan. Afon Menai. Llandwrog. Bron Wylfa. Rhedynog. Dinas y Pridd. Felinwnda. Plas. Morogoro. Dinas.

'Wei!' ebe Tjeryl. ''Dach chi isio troi yn Ffrwd Cae Du, cofiwch.'

Pwysodd Bet fraich yr indiceityr.

'No iws,' ebe Tjeryl, 'dio'm yn gwithio.'

Ni chynhyrfodd Bet o gwbl. Yr oedd hynny'n syndod iddi. Beth a ddywedai Charles am hyn i gyd, meddyliodd. A chanfu nad oedd yn malio. Canfu ynddi ei hun yr awydd a fu ynddi erioed – ond ai rŵan yn y car hwn yr oedd o'n wyrth ei fod yn mynd o gwbl, wrth ochr hogan nad oedd, fe wyddai, yn dweud y gwir wrthi fod rhywun wedi marw neu ar fin marw, y canfu, neu o leiaf y medrai addef iddi hi ei hun, yr awydd blynyddoedd oed, mud i ddiffeio pawb a phopeth a mynd ei ffordd ei hun? Ond buan y diflannodd y dyhead – ynteu ofni'r dyhead a wnaeth? – ac meddai yn amddiffynnol bron:

'Dwi'n ddarlithydd mewn athroniaeth. Descartes ydy'n arbenigedd i. René Descartes! Wyddoch chi rywbeth am René Descartes?'

'Pan ddowch chi i sgwâr Rhos tyrn rait am Ros Isa. As iff iw wer dybling bac.'

'Fo oedd tad y Rhesymolwyr.'

'Fan hyn!'

Trodd Bet y car yn esmwyth ddigon.

'*Cogito, ergo sum* oedd ei ddywediad mawr o. Oherwydd fy mod i yn meddwl yr ydw i yn gwybod fy mod i yn bod. Dyna'r ystyr. Rhyw gyfieithiad digon clogyrnaidd, hwnna, hefyd. Dim patj ar y gwreiddiol. Mor firain o gwta ydy'r darganfyddiadau mawrion. Fel petai athronwyr a gwyddonwyr ar ôl yr holl fustachu meddyliol yn dyfod i lecyn clir o symlrwydd mawr.' Edrychai Tjeryl yn daer drwy'r ffenestr, blaen ei thrwyn bron yn cyffwrdd y gwydr. 'Mae yna gyfieithiad Cymraeg o un o'i lyfrau enwocaf o: *Traethawd ar Drefn Wyddonol* gan D. Miall Edwards. Yn fan'no y cewch chi y *cogito, ergo sum* hyfryd i'r glust, hyfryd i'r ...'

'Stopiwch!' meddai Tjeryl. 'A dowch allan i helpu. 'Gorwch y bŵt gynta!'

Ar ochr y lôn yr oedd fan Pepco. A dyn ieuanc wrth ei hochr yn tynnu bob yn ail eiliad ar ei sigarét.

'Sori wir lêt,' ebe Tjeryl, 'ai cwdnt ffaind a dreifyr onli ddis wan.'

'Get a move on then,' meddai'r dyn gan lygadu Bet yn amheus.

Agorodd gefn ei fan a dechreuodd gario bagiau llawn nwyddau i'r bŵt.

'Wel! Open the thing then,' meddai'r dyn yn siort wrth Bet.

''Gorwch o, Bet! A dowch i helpu wedyn. Ne mi gân 'n dal,' ebe Tjeryl.

Ufuddhaodd Bet.

'Twenty, no more,' meddai'r dyn.

'Twenti ffeif,' ebe Tjeryl.

'No chance. More than my job's worth. I'll try for more next week. I'll get her to put a dud order in as usual.'

Yn y tywyllwch safodd Bet ar ganol y lôn hefo dau fag Pepco, un ymhob llaw. Dynes Waitrose oedd hi, cofiodd.

'Be 'dach chi'n neud! 'Dach chi'n ecsbôsd!' ebe Tjeryl yn cipio'r bagiau oddi arni.

'Done,' meddai'r dyn. 'Another place next week, ok? I'll call.'

'Ta feri mytj, Tjarli,' ebe Tjeryl.

'You don't look the part,' meddai'r dyn wrth Bet.

'Plis gawn ni fynd,' ebe Tjeryl, 'dwi'n rec. Bob tro dwi'n rec. Ond ma raid i mi neud o.'

''Dach chi 'di dwyn!' meddai Bet wrthi yn amgyffred yr hyn oedd wedi digwydd.

''Dan *ni* 'di dwyn!' ebe Tjeryl. 'Oddach chi yna hefyd!'

Dyna pryd y sylweddolodd Bet ei bod hi – hi? – wedi cymryd rhan mewn lladrad. Edrychodd i'r wybren rhag ofn fod un o loerennau Charles yn mynd heibio, gan obeithio ar yr un pryd ei fod o'n glustiau i gyd yn rhywle arall yn gwrando ar gampau Putin.

'Ma pobl isio bwyd, reit,' ebe Tjeryl fel petai hi wedi clustfeinio ar feddyliau Bet, 'a 'wrach fod hyn yn niws i chi a'ch tebyg ond ma pobl hyd lle 'ma'n llwgu. A do's 'na neb yn malio dam. Rŵan gawn ni fynd plis? Nôl ffor' duthon ni. Ewch lawr at y semetri yn fan'cw i droi rownd. Go! Sbïwch! O'n i'n deud y gwir, do'n? Fod rhiwin 'di marw.'

Medrodd Bet wenu. Trodd y car yn ddeheuig ddigon. Meddyliodd: faint o droi yr ydw i wedi ei wneud heddiw? A sut ar wyneb y ddaear y medrai hi, yr athronydd, gysoni gweithred amlwg ddrwg hefo'i chanlyniadau amlwg ddaionus? Ond cwestiwn ar gyfer papur arholiad blwyddyn gyntaf oedd hwnnw heno, darbwyllodd ei hun.

Wrth iddi ddod i geg y lôn yn Rhostryfan yn barod i droi am i lawr, aeth tacsi heibio.

'Jones!' meddai Bet wedi iddi adnabod y gyrrwr.

'Jisys!' ebe Tjeryl. ''Dach chi fel *Who's Who* y lle 'ma. A 'dach chi'm 'di bod yma fawr. Sut 'dach chi'n nabod hwnna?'

'Aeth o â fi i rywle ddoe.'

'Hen Nash uffar,' ebe Tjeryl.

Yr oedd digonedd yn barod yn mynd ymlaen yng nghrebwyll Bet fel y penderfynodd beidio â dilyn goblygiadau dirmyg Tjeryl tuag at Jones a'i wleidyddiaeth.

'Gyda llaw,' meddai wrth Tjeryl, 'do'n i'n hitio dim am i chi 'ngalw fi'n "this one" wrth y Charlie 'na.'

'Wel os ma' dyna'ch unig gomplênt chi 'dach chi'n lyci wmyn, dydach,' ebe Tjeryl.

Lyci wmyn! meddai Bet wrthi ei hun. Ydw i? A theimlodd yr euogrwydd eto'n codi ynddi am hyd yn oed godi'r cwestiwn. Wrth gwrs nad oedd hi'n lyci wmyn. A fflachiodd y goleuadau glas y tu ôl iddi.

'Hot shit!' ebe Tjeryl wedi gweld hefyd. 'Ffycin copars.'

Stopiodd Bet y car heb ddweud dim. Ond yr oedd ei dwylo'n gwasgu'r olwyn lywio'n dynn ac yn dynnach.

'Ail dw ddy tocing, reit,' ebe Tjeryl. 'Ai no wat tw sei.'

Daeth dau heddwas at y car. Gwyrodd un ei ben i'r ffenestr agored. Aeth y llall rownd ochr y car.

'Orait offys–' dechreuodd Tjeryl ddweud ond rhoddodd Bet ei llaw ar ei phen-glin i'w hatal ac meddai:

'Oh! Thank you for stopping, officer ...'

'I think we stopped you,' ebe'r plismon.

'Oh! Does it really matter who stopped whom?' meddai Bet.

'We've travelled all day from Romsey, Hampshire. Obviously taken a wrong turning. Where are we, do you know? I and my pregnant daughter were trying to get to Bligh-Nigh-Sigh-Hunt before dark to my brother's. Are we far? Please say we're not! Let me get you my license. You'll want that, won't you? My bag, dear. Officer?'

Edrychodd Tjeryl i'w chyfeiriad yn gegrwth.

'My bag, dear. Please,' meddai Bet drachefn, yn bennaf er mwyn peri i Tjeryl gau fymryn ar ei cheg.

'No, you're not far,' ebe'r plismon, 'but your indicators, madam. They don't seem to be working.'

'Really!' meddai Bet. 'But I've been using them all the way. And they were perfectly fine. Must have just gone.'

Gwelodd Bet fod yr heddwas arall yn sbio'n fanwl ar rannau o'r car. Yn fewnol croesodd ei bysedd, ei choesau a phopeth arall yr oedd yn bosib ei groesi. Daeth at y ffenestr ac meddai,

'You say you've come all the way from the south of England in this?'

'I know! But it goes. I would have preferred the BMW. But my husband had urgent business in the City. Money speaks louder all the time, I'm afraid,' meddai Bet yn cyflwyno ei thrwydded i'r heddwas.

Edrychodd yntau ar y drwydded. Plis, plis, meddai Bet wrthi ei hun, paid â gofyn am dystysgrif MOT. A phaid â meiddio holi am insiwrans.

'Your luggage is in the boot, I take it?' meddai'r heddwas arall yn chwifio tortj ar hyd y sêt gefn.

'Where else would it be?' meddai Bet gan ddifaru ar ei hunion am ei choegni ac ychwanegu'n gyflym, 'With the shopping we did on the way.' A mentrodd: 'Do you want to look?'

Dechreuodd Tjeryl siglo'n araf a griddfan yn dawel.

'Are you all right?' holodd yr heddwas.

'It's the journey, I think,' meddai Bet yn ateb ar ei rhan oherwydd nad oedd acen Tjeryl yn perthyn o gwbl i Romsey, fel y gobeithiai Bet nad oedd o wedi sylwi pan agorodd Tjeryl ei cheg fawr yn gynharach.

'Look. Be on your way. Down this road. To the right when you come to the main road. Straight on for a few miles and you'll hit the town. Where exactly do you need to go there?'

Hot shit, 'di ddim yn gwbod am nunlla, ebe Tjeryl wrthi hi ei hun.

Ond o'r nunlle hwnnw daeth hen enw'n ddiffwdan i grebwyll Bet.

'England Road South,' meddai'n ddisymwth, ddibetrus.

Bu bron i Tjeryl riddfannu mwy.

'See to those indicators. Tomorrow, please,' ebe'r heddwas arall a edrychai arnynt yn fwy amheus na'r llall. 'I'm sure you don't want to see us again.'

'Oh! But I will,' meddai Bet, 'and thank you for being so considerate and helpful. Are you all right, dear?' meddai wrth Tjeryl. Nodiodd honno ei phen i gadarnhau ei bod yn fwy nag ôl-reit.

Dechreuodd Bet dwtio dillad Tjeryl.

'Be 'dach chi'n neud?' ebe Tjeryl.

'Gadael i'r rhein fynd gynta,' meddai Bet.

'Oddach chi'n cachu plancia, oddach?' ebe Tjeryl.

'Iard goed,' meddai Bet.

Chwarddodd y ddwy.

'Does 'na'm plismyn Cymraeg felly?' holodd Bet.

'Feri rerli de,' ebe Tjeryl. 'Ma'r genod a'r hogia Cymraeg yn gwbod yn well na mynd i riw job gachu fela.'

Chwarddodd y ddwy.

''Sa'm byd gwell na medru siafftio dynion, nag oes?' ychwanegodd Tjeryl.

Meddyliodd Bet am y peth. Gwenu ddaru hi.

'Pidiwch â mynd yn ôl i'r parcing 'na,' ebe Tjeryl a hwythau ar gyrion y dref. 'Ewch i lle 'dan ni'n byw.'

Ni, meddai Bet wrthi ei hun. Lle 'dach chi'n byw, cywirodd hi yn ei meddwl. 'I be?' meddai'n hyglyw.

'I gadw'r bagia 'ma ofyr nait cyn y distribiwshyn fory.'

'Ond mi gawn 'n dal in brôd deilait yn mynd â nhw i'r tŷ,' meddai Bet yn dechrau efelychu ffordd Tjeryl o ddweud pethau.

'Ond tydy hi ddim yn brôd deilait as iw sei, yn nacdi? Ma hi'n dwllwch. Sicret dwyn ydy pidio neud o edrach fel dwyn. Bi natiral de. Rŵan trowch yn fama, wedyn ffysd rait.'

Llywiodd Bet y car yn araf, bwyllog i fyny'r stryd.

'Fflat Huw Puw!' ebe Tjeryl. ''Dach chi'n ffiwnyral slo. Bi natural, reit. Ffastiwch.'

Bore ddoe roeddwn i'n Romsey, rŵan dwi'n fama'n gneud hyn, dywedodd Bet wrthi ei hun. Dychrynodd wrth weld y dyn pen moel yn dyfod i'w cyfeiriad ar hyd y pafin.

'Ma hwn 'di'n gweld ni!' meddai.

'So!' ebe Tjeryl. 'Nofylust ne rwbath dio. Sy ddim isio poeni am nofylust, nag oes? Whats ddy iws of lutrijyr de?'

Aeth y dyn heibio a Bet yn grediniol ei fod yn ciledrych arnynt drwy'r adeg. Teimlodd ei lygaid arni, er na allai weld ei wyneb yn glir.

'Does 'na nunlla i mi barcio!' meddai Bet yn ffrwcslyd i gyd wrth gyrraedd y tŷ.

''Dach chi'm isio parcio,' ebe Tjeryl. 'Drop off 'di hyn.'

'Wel reit handi ta,' meddai Bet.

'Naci!' ebe Tjeryl. 'Slo. Bi natiral. Nything tw haid atitiwd, reit? Wedi bod am dei owt 'dan ni, de, a shoping on ddy we bac, de. Dwi'm yn meddwl fod 'na thiff matirial ynoch chi.'

Aeth Tjeryl i agor y drws ffrynt a Bet i agor cist y car. Wrth iddi godi un o'r bagiau syrthiodd rhywbeth trwm allan ohono a'i tharo yn ei throed. Teimlodd wayw a gwelodd dun yn rowlio ar hyd y lôn ac o dan gar arall. Ymledodd rhyw barlys corfforol ac emosiynol drwyddi. Ni wyddai ar y foment honno beth i'w wneud â'i bywyd ei hun. Sut ar wyneb y ddaear y medrai hi achub tun o dan y car? Roedd rhywbeth yn cau amdani.

'Ma'n ocê, got it,' clywodd Tjeryl yn ei ddweud o'r ochr arall i'r lôn wrth ymyl y car a'r tun yn ei llaw.

Daeth Tjeryl yn ôl ati a rhoddodd y tun iddi. Darllenodd Bet y label: *Roast Pheasant in Burgundy Wine Jelly*.

'O!' meddai'n dyfod ati ei hun.

'Onli ddy best i bobl ffor' hyn, chi,' ebe Tjeryl wrthi. 'Dim o'r tunia faliw 'na sy'n gneud i bobl dlawd deimlo'n dlotach ac yn shit fel 'sa rhiwin fel chi'n 'i ddisgwl.'

'Rhiwin fel fi!' Ailddywedodd Bet y geiriau, wedi ei brathu drwyddi.

'Ia,' ebe Tjeryl heb ymddiheuriad, heb dynnu ei geiriau yn ôl. Cariodd ddau fag i'r tŷ gan adael Bet wrth y gist car agored yn dal tun o ffesant mewn un llaw a rhywbeth fel y gwir annymunol yn y llaw arall. Gwelodd yn piciad allan o un o'r bagiau focs o Lady Grey.

Dirnadodd Bet yn sydyn nad oedd yn medru teimlo ei galar o gwbl. Roedd digwyddiadau'r noson wedi ei ddisodli. Mynnodd ef yn ôl. Dynes alarus oedd ei chyflwr. Roedd yna ryw reidrwydd bron yn foesol ynddi i alaru am byth. A daeth yn ei ôl. Trwy anfon ei lysgennad, euogrwydd, yn gyntaf. Euogrwydd am nad oedd hi'n teimlo ei galar. Rhag ei chywilydd hi! Ond daeth hefyd yr hen gwestiwn annifyr hwnnw a drigai yng nghefn ei meddwl yn wastad: pwy fyddai'n rhaid iddi hi fod o'r newydd heb amddiffyniad ei galar? Roedd ei galar yn gwneud ei bywyd yn amhosibl ond eto – a hyn oedd bwysicaf, mae'n debyg – yn gwbl bosibl ar yr un pryd. Ei galar oedd ei diffiniad. Hebddo, pwy fyddai hi?

Edrychodd i gist y car a'i chanfod yn wag. Mae'n rhaid fod Tjeryl wedi mynd 'nôl a blaen i'w gwagio yn ddiarwybod iddi; hithau yn ei meddyliau ar fagwyr ei galar. Gwelodd Tjeryl yn y drws yn edrych arni.

'Sori,' meddai Bet.

'No wyris de,' ebe Tjeryl. 'Gewch chi fynd â'r car yn ôl i'r parcing fel penyns.' A chododd ei bawd arni. Yn gellweirus.

'Fedra i fynd yn 'y mlaen?' holodd Bet.

'Os mai sôn am y car ydach chi,' ebe Tjeryl, 'na fedrwch. Mi fydd raid i chi rifyrsio.'

Wrth iddi ddyfod allan o'r car yn y parcing gwelodd yng ngolau'r lloer un llinell loyw yn y pellter. Yr oedd rhywbeth anghyffredin – prydferth, hyd yn oed – am y rhimyn hwn o loywder yn y fan hon yng nghanol y tir diffaith, ac felly dynesodd i weld beth yn union ydoedd. Nid oedd yn ddim ond gwe yn hongian rhwng dau damaid o chwyn. *Tripwire*, meddai wrth i'r hyn a oedd gynnau'n rhyfeddod droi'n ofnadwyaeth ynddi bellach. Pe digwyddai i bry neu wyfyn ei gyffwrdd gan anfon cryndod ysgafn ar hyd y llinell araul, fe ddeuai'r pry copyn ar wib o'i guddfan dywyll, a'u dal, a'u difa. Syllodd ar y llinell befriog, angheuol hon. Gwelodd droed ei mab yn cyffwrdd gwifren gyffelyb. Gwelodd esgid wag.

Ond oherwydd mai peth rhyfeddol yw'r meddwl, gwelodd yr eiliad nesaf ffin lathraidd rhwng *yma* ac *acw*. Yma, y galar a oedd wedi ei dilladu'n llwyr; acw, rhyw lydanrwydd a oedd yn cynnig ei hun iddi. Ymdeimlodd â rhywbeth a ymdebygai i haelioni yn dod i'w chyfeiriad o'r ochr draw i'r llinell loyw. Yr oedd hi bellach ar ei chwrcwd, fel petai hi'n ceisio mochel rhag y sgarmes fewnol a'i gosodai rhwng yr hyn a ddylai ei deimlo – ei galar – yr hyn yr oedd yn ddyletswydd arni ei deimlo, a gwahoddiad i le o helaethrwydd dros y ffin o'i blaen, y gwyddai hi nad oedd ganddi yr hawl i'w gael.

'Methu dal 'dach chi, musus?' Clywodd rywun o'r tywyllwch yn gweiddi i'w chyfeiriad a sŵn chwerthin. Cododd hithau mewn cywilydd ond yn rhy gyflym, ac wrth geisio sadio ei hun chwalodd ei llaw y llinyn arian.

Wedi iddi groesi'r lôn gwelodd wyneb y dyn pen moel yn edrych arni. Ac ie, fel y dyfalodd yn gynharach, y dyn ar y trên ydoedd. Ni fynnai dorri gair ag o heno. Ond yr oedd yn dal i rythu arni. Trodd ei hwyneb oddi wrtho a chogio nad oedd wedi ei weld. Trwy gil ei llygad gwelodd ei fod yn parhau i edrych i'w chyfeiriad. Byddai'n rhaid iddi ei gydnabod. Wynebodd ef. Ar boster, sylweddolodd o'r diwedd, yr oedd ei wyneb, mewn ffenestr siop wag yr oedd hi'n trio cofio ei henw o'r gorffennol. Darllenodd y geiriad: *Tom Rhydderch mewn sgwrs â Gwenlli Haf am ei waith. Y Llyfrgell, nos Iau, Medi 18fed, 2015 am 7:30 y.h. Noddir gan Gwmni Teledu Candryll.* Nos fory, meddai wrthi ei hun.

A gwelodd Adam Tattersall yn edrych arni, yn gwenu o boster arall, a'r geiriau: *Come and meet and support your local UKIP candidate, Old Lab Club, September 18th, 2015 at 7:30 p.m.* 'Can't make it, I'm afraid,' meddai Bet wrth y poster. Ond wedyn cofiodd am nifer o'i ffrindiau mynwesol a da oedd yn frwd iawn eu cefnogaeth i UKIP ac nad oedd hi erioed wedi ceisio eu darbwyllo'n wahanol. Edrychodd drachefn ar wyneb Tom Rhydderch i weld a oedd ef yn gwenu. Nid oedd.

Wedi i Bet gyrraedd y tŷ yn ei hôl gwelodd Tjeryl yn gorwedd ar ei hyd ar y soffa, ei llygad ynghau, ond yn ffugio cysgu: 'Aros amdanoch chi ydw i.'

Meddai Bet wrthi: 'Adam Tattersall, UKIP? Postyr yn ffenast' – a chofiodd yr enw – 'yr hen Astons'.

'Ma isio, does,' ebe Tjeryl. 'Imigrants. Dwyn jobsys yr hogia.'

Ni allai Bet benderfynu'n iawn a oedd Tjeryl o ddifrif neu beidio. Ond yr oedd hi'n rhy flinedig bellach i holi. A rhoddodd ei chwestiwn i hongian hefo holl gwestiynau eraill ei bywyd, y trwm a'r ysgafn, ar y bachau yn ystafell aros ei chrebwyll lluddedig.

Clywodd sŵn rhywun yn y llofft uwchben.

'Quentin,' ebe Tjeryl yn ddidaro, ei llygaid yn dal ynghau.

Wrth noswylio gwelodd fod neges ar ei ffôn. Darllenodd:

'Settling? Wondering whether you will be back for Simon and Claire's dinner party. Eager to know numbers. Can you confirm? C x.'

Dileodd y neges.

Yn gorwedd yn ei gwely teimlodd ei bod fel un o gerfluniau Giacometti: rhywun wedi ei phario i'w helfennau, y mymryn lleiaf yr ochr yma i ddim byd, ond bod ynddi ddigon, jyst digon, ohoni ei hun ar ôl i fedru rhywsut ddweud 'fi' gyda pheth argyhoeddiad.

Rhywbryd yn nhrymder y nos daeth yr Arglwydd Palmerston i lawr o'i bedestl ar sgwâr Romsey. Ar yr un adeg daeth Iarll Dwyfor i lawr o'i bedestl yntau ar y Maes. Cerddodd y ddau'n glogyrnaidd, garegog i gyfeiriad ei gilydd. Cofleidiodd eu breichiau ithfaen gefnau y naill a'r llall. Rhyngddynt yn y canol, yn mygu, yn diffodd, yn cael ei gwasgu allan o fodolaeth, yr oedd hi. Ond petaech yn edrych arni yno yn ei gwely, i bob ymddangosiad yr oedd hi'n cysgu'n sownd, ddibryder.

2

'Dwi'n teimlo fel 'y mod i wedi cal 'y ngwasgu rhwng dwy graig rywbryd yn ganol nos,' meddai Bet yn cerdded yn blygeiniol a heb 'gysgu fawr' yn ei thyb hi.

''Sach chi'n licio dŵad hefo ni ar y distribiwshyn ryn?' ebe Tjeryl oedd yn golchi cwpan o dan y tap. 'Dw iw gwd,' ychwanegodd.

'Mi ddylswn fynd i weld Danial Watkins,' meddai Bet yn eistedd.

'O'n i'n meddwl ...' ebe Tjeryl ond ni orffennodd ei brawddeg.

'Distribution?' holodd Bet.

'Pam mynd i weld solusutyr?' holodd Tjeryl.

''Dach chi'n deud fod Danial Watkins wedi mynd,' meddai Bet.

'Na, 'di marw mae o,' ebe Tjeryl.

'Dyna be ddudas i,' meddai Bet. 'Felly pwy sy'n 'i le fo?'

'Mei,' ebe Tjeryl.

'Go brin,' meddai Bet. 'Merch oedd ganddo fo os dwi'n cofio'n iawn, nid mab.'

'Be?' ebe Tjeryl.

'Does gin i ddim co' ...' cychwynnodd Bet. 'Na, 'dach chi'n iawn, mab oedd ganddo fo.'

'Bring it ol dawn, Mei,' ebe Tjeryl, 'a cal Quentin o'i wely.'

'Am be rydan ni'n ...' meddai Bet yn troi, ei geiriau'n diffodd pan welodd yn y pasej gefn hogyn dieithr yn diflannu i fyny'r grisiau. 'Welis i mo ...'

'Mei!' ebe Tjeryl.

'Ddaru mi 'rioed 'i basio fo heb 'i weld o wrth ddŵad i mewn i'r gegin gynna? Mae'n ddrwg gin i,' meddai Bet yn ymddiheuro i wacter y pasej.

'Be newch hi hefo'r solusutyr?' ebe Tjeryl. 'Dwi'm isio ...'

'Mi ddylsan fod wedi gadael i mi wyb–'

'Doeddan nhw'm yn gwbod.'

'Gwybod be?' holodd Bet.

'Be bynnag ydach chi'n 'i feddwl oddan nhw'n 'i wbod.'

'A be felly oeddan nhw'n ei wybod neu ddim yn ei wybod?' holodd Bet.

'Be bynnag fydda Mam yn 'i ddeud wthyn nhw,' ebe Tjeryl. ''Ch mam!'

'Mam ydy'r cêr teicyr.'

'Caretaker?'

'Mam oedd yn sychu ti– ... Mam odd yn edrach ar ôl 'ch Anti Catrin chi a mi ddudodd hi wrth Danial Watkins 'ch bod chi 'di gofyn iddi hi edrach ar ôl y tŷ fatha cêr teicyr ar ôl i'ch Anti Catrin chi farw bicos o'ch chi'n ffrindia ysgol achos mi roddach chi a mi fydda hi'n mynd i'r offis oceishynyli i ddeud fod bob dim yn hynci dori a no cwestiyns asgd ac os o' 'na rwbath oddan nhw isio'i wbod am y tŷ yna jyst ffonio Mam a pidio'ch poeni chi a 'sa Mam yn sôn am y peth wtha chi bicos o'ch chi ar y ffôn 'fo'ch gilydd bob wicend ond i ddal i yrru cownsil tacs i chi bicos odd Mam yn deud na 'sa gynnoch chi fyth mo'r ffês i ddŵad yn ôl eto ond nath hi'm deud hynny wth y solusutyr ac os odd petha cownsil yn dŵad yma dden odd pawb odd yn aros yma i ddeud ma' relytufs i chi oddan nhw a dyna pam odd Mam mond yn tjarjo lo rent plys buls in cês de ond ar ôl y sbot o boddyr hefo'r dwytha nesh i ddŵad yma bicos odd Mam plis ...'

'Cheryl,' meddai Bet. 'Stopiwch! Stopiwch!'

Sylweddolodd Bet nad oedd hi'n teimlo unrhyw ffrom na dicter.

'Pwy ydy'ch mam? A hitha'n 'rysgol hefo fi wedi'r cwbl!'

'Morîn Jôs,' ebe Tjeryl.

A chofiodd Bet. MoJo! 'Sgin ti fferins? Sgin ti bres? Sgin ti nicyrs am dy din? Handïach hebddyn nhw. Sgin ti fam?' Y cwestiynau poethion fodfeddi o'i boch. Ei phen wedi ei droi i un ochr gan fys a bawd tewion, hegar. Graean pebl-dash talcen y tŷ yn suddo i'w braich drwy ddefnydd ei dillad. Hithau'n erfyn ar i'w dagrau beidio ag ymddangos. Pedair geneth yn dynn o'i chwmpas. A MoJo fawr yn harthu.

Edrychodd Bet ar Tjeryl. A welai hi'r tebygrwydd rhwng mam a merch? Croesodd dicter yn ei sgidiau hoelion mawr iard ysgol a blynyddoedd mudion.

'O!' meddai Bet. 'Mae gin Danial Watkins neu bwy bynnag sy'n ei le fo gwestiynau difrifol i'w hateb.'

Daeth Mei yn ei ôl yn cario dau o'r cariyr bags llawnion o neithiwr a chariyr bags gweigion eraill o dan ei geseiliau. Fe'i dilynwyd gan Quentin, hwnnw hefyd yn cario bagiau, minlliw ar ei wefusau, masgara ar ei lygaid, sylwodd Bet.

Be dwi'n neud yn fama hefo rhein, meddyliodd, yn edrych ar y tri ohonynt yn edrych arni hi.

Trodd y tri eu golygon oddi wrthi fel petaent rhywsut yn diffodd ei bodolaeth. Fel petai ei bodolaeth hi yn gwbl ddibynnol ar eu hedrychiad hwy arni. Yn llaw Tjeryl yr oedd rhestr. Dechreuasant ddosbarthu'r nwyddau o un bag i'r llall yn gwybod yn iawn pwy fyddai'n cael be y bore hwn yn ystod y 'distribiwshyn ryn'. Gwelodd Bet o'i blaen bwrpas a bwriad ac ymroddiad.

Trwy'r drws ffrynt agored gwelodd fan: *Bamboo House: Cantonese Restaurant and Takeaway* ar ei hochr mewn llythrennau glas a rhif ffôn. Edrychodd ar y panda'n bwyta'r bambŵ, ei lygaid, teimlodd, yn ei harchwilio hi wrth gnoi. Aeth Mei heibio iddi yn cario'r bagiau i gefn y fan. Quentin ar ei ôl. Tjeryl ar ei ôl yntau. Hithau o'r ffordd yn fan'no yn y pasej, yn llonydd fel arwyddbost yr oedd rhywun wedi dwyn yr arwyddion ohono.

I'w ffôn yr oedd hi wedi ei adael ar erchwyn ei gwely daeth neges: 'Are you there? No news, good news? C x.'

* * *

Ben bore yn ei singlet a'i drôns o flaen y drych yn y bathrwm, godre'r gwydr yn olion past dannedd a sebon, cododd Tom

Rhydderch ei fraich dde ac arogleuo o dan ei gesail: 'Y mae efe weithian yn drewi,' meddai'n uchel. 'Weithian,' meddai drachefn a gwthio'i dafod rhwng dau o'i ddannedd fel petai'r gair hen hwnnw wedi glynyd yno. 'Weithian,' meddai eto fyth.

Gwyddai y deuai llythyr iddo heddiw. Nid oedd wedi derbyn llythyr ers tro. Felly roedd hi'n hen bryd i un ei gyrraedd. Heddiw oedd y diwrnod, fe wyddai. Wrth ymolchi yr oedd yn hanner clustfeinio am sŵn y letyrbocs. Yr oedd cysur i ddyn ar ei ben ei hun yn sŵn letyrbocs yn agor ac yn cau. Ychydig o dan fis ydoedd ers iddo symud yma'n ôl i'w hen dref enedigol. Hwyrach nad oedd pobl yn gwybod ei gyfeiriad newydd. Ond yrli deis, fel maen nhw'n dweud. Yrli deis. Hwyrach fod llythyrau wedi mynd i'w hen le yn Harlech. Hwyrach. Ond fe ddeuai llythyr heddiw heb os.

Cychwynnodd Tom ar y ddefod yr oedd yn ei hymarfer yn blygeiniol y dyddiau hyn. Rhoddodd gledr ei law yn erbyn ei lygad chwith. Craffodd i'r drych â'i lygad dde: ei 'lygad sala' yn ei dyb ef. Ffeiriodd law a ffeiriodd lygad. Craffodd â'r llygad chwith – 'y llygad ora' – i'r drych. Nid oedd nemor ddim gwahaniaeth rhwng y naill lygad a'r llall. 'Dwi'n mynd yn ddall, dybad?' oedd ei gwestiwn eto'r bore hwn. Er hynny, darbwyllodd ei hun ei fod yn gweld mwy hefo'r chwith na'r dde. Ers tro byd bu'n gyrru car wysg ei ben gan geisio gweld drwy gornel ei lygad chwith wrth ofalu ei fod yn cadw at gyflymder o ddeg milltir ar hugain yr awr, neu o leiaf i be deimlai fel deg milltir ar hugain oherwydd nad oedd yn medru gweld yn glir iawn y cloc cyflymder. Cysurodd ei hun mai gwir angen nofelydd fel ef oedd nid llygaid, ond clust. Nid oedd dim o'i le ar ei glyw. A chlywodd, fel y gwyddai'n iawn heddiw y byddai, sŵn y letyrbocs yn clatsian.

Er mawr syndod iddo yr oedd dau lythyr yn lle'r un y gwyddai amdano. Agorodd yn y fan a'r lle ac yn llawn chwilfrydedd y llythyr yr oedd y llawysgrifen yn un ddieithr iddo. Darllenodd y cynnwys:

Annwyl Mr Rhydderch,

Y mae'n ddrwg iawn gen i am yr oedi cyn anfon fy nghyfieithiad o *Ithaca* atoch. Ond dyma fo o'r diwedd. Cerdd dda, yn dydy?

Sonioch am dalu. Dim o gwbl!

Cofion cynhesaf atoch,

Myrddin ap Dafydd.

Yno ger y drws darllenodd Tom y gerdd. Teimlodd wrth ddarllen lawenydd mawr. Oherwydd bod yr iaith Roeg yn arllwys ei hun i'r iaith Gymraeg heb orfod, fel pob dim arall, fynd gyntaf drwy'r Saesneg? Er mai o'r Saesneg y cyfieithwyd hi i'r Gymraeg ac felly nid oedd sail i'w lawenydd. Ond teimlodd ef lawenydd serch hynny. Canfu fod dagrau ar ei ruddiau. Pam? Oherwydd fod profiad dilys ynddo wedi canfod llais Cymraeg? Ond rhywbeth mwy a barodd iddo wylo. Y rhywbeth hwnnw ynom, ond eto nid 'ynom' o gwbl, y gwelwn ef yn anfynych drwy faglu fel arfer unwaith yn y pedwar amser ar draws rhywbeth arall megis cerdd, ac sy'n peri i ni ddirnad ein hunain tu mewn i helaethrwydd lletach a dyfnach na'n dirnadaeth gyfyng, arferol o'n bywydau bychain, beunyddiol gan roi cip egwan i ni o'r hyn ydym go iawn, a phan geisiwn enw arno a'i enwi cilia yn ôl i'w swildod eang, dieiriau. Rhywbeth fel hyn, efallai, a deimlai Tom Rhydderch ger y letyrbocs.

Ni faliodd Tom agor y llythyr arall, yr un yr oedd yn ei ddisgwyl. Gwyddai'n iawn beth oedd ei gynnwys. Llythyr ydoedd gan un o'r enw Edryd Siencyn yn canmol i'r cymylau ei nofel *Tŷ Helaeth Cariad*. Y nofel nad ysgrifennodd Tom hi erioed. Postiodd y llythyr iddo'i hun ddoe.

* * *

Gwyddai Bet ei bod yn llawer rhy gynnar i fynd i swyddfa'r twrnai Watkins. Yr oedd mynd i swyddfa twrnai ychydig wedi iddi agor yn rhoi'r neges anghywir: y neges ei bod yn cywilyddio oherwydd rhywbeth, neu'n euog o rywbeth. (Fel hyn yr ymresymai ynddi ei hun.) Byddai'r twrnai yr ochr arall i'w ddesg yn dirnad hynny, gan wybod mai ganddo ef wedyn roedd y llaw drechaf. Byddai'n crechwenu arni hefo'i: 'A be ga i ei wneud i chi, Mrs Scott-Palmer euog?'

Fe âi yno felly ychydig wedi troi hanner awr wedi deg gan ffugio dihidrwydd a rhoi iddo'r argraff mai ei fraint ef oedd cael ei gweld hi ... o'r diwedd.

Felly, wedi iddi ddianc o'r tŷ cyn gynted ag y medrai gan adael Tjeryl, Quentin a bellach Mei – pwy bynnag ydoedd, ni chafodd ei chyflwyno ac yr oedd hynny'n ddifanars – i'w tor cyfraith, y postmon yn chwislo wrth fynd heibio iddi ar y stryd, canfu Bet ei hun yn llawer rhy gynnar ... ar y cei.

Yr oedd y môr o'i blaen yn rhychau cymesur, rheolaidd, tawel; a'r haul, hyd yn oed ar yr awr gynnar hon, yn gwasgaru hadau o oleuni ymhlith y rhychau. Oddi allan iddi yr oedd y diwrnod yn addo hindda. Ond dechreuodd deimlo tywydd gwahanol yn ei theimladau.

'Please God, exist,' clywodd ei gŵr yn ei fwmial wrth ei hochr yn y fynwent a'r arch yn cnocio'n erbyn ochrau'r bedd wrth gael ei gollwng. 'Shall we go, darling,' meddai Charles wrthi funudau, oriau, ddyddiau, flynyddoedd yn ddiweddarach – beth ar wyneb y ddaear oedd ystyr amser mewn mynwent ar ddiwrnod claddedigaeth ei mab? – a Jac yr Undeb newydd sbon – pwy gosododd hi yno? – lân, wedi ei phlygu'n gymen yn gorffwys rhwng dwylo'r ddau ohonynt. Yn lle mab cafodd fflag. Ond nid oedd yr un o'r ddau wedi meddwl ymhellach na glan y bedd. Oherwydd does yna ddim byd pellach na glan bedd, siŵr. Edrychodd y ddau ar ei gilydd. Y ddau ar yr un pryd yn dyfalu: i le awn ni rŵan? (Hwyrach mai'r foment honno, ond yn ei hisymwybod, y penderfynodd hi fynd i Gymru? Ei Chymru hi. Cymru yr oedd emosiynau, nid economeg, nid gwleidyddiaeth, wedi ei llunio yn ei darfelydd. Cymru lai na'r wlad sydd ar fap. Yn ôl. Drachefn. Eto.) Nid oedd ychwanegiadau ac ychwanegu yn bosibl o hyn ymlaen, dim ond tynnu ymaith: rhyw rifyddeg front oedd yn dad-wneud ei hun er mwyn medru cyrraedd sero. Trodd ei golygon oddi wrth ei gŵr at weddill y fynwent a gwelodd bennau'r cerrig beddau yn sgleinio yn yr haul ac yn ymestyn o'i blaen fel cyfres o finysau. 'Top brass are here,' meddai ei gŵr, 'HRH too. Knew he would be. Sandhurst together.'

A ddaru hi sgrechian a chwympo i'r llawr? Ynteu ai hynny oedd ei dymuniad? Ond yn sêt gefn y limosîn y canfu ei hun a channoedd, meddyliodd, yn mynd heibio'r ffenestr yn eu du ar fyrder fel petaent yn ffoi ac yn cyrchu rhywle arall, rhywle nad oedd a wnelo fo ddim â hi, rhywle o'r enw Bywyd-Bob-Dydd yr oedd hi bellach wedi ei gwahardd rhag cael mynedfa iddo. A dyna beth ydy cynhebrwng yn y diwedd: lle i adael mam, neu dad, neu weddw, neu'r amddifad ar eu pennau eu hunain yn llwyr fel y medr pawb arall gael mynd adref.

'A most salubrious morning,' meddai llais wrth fynd heibio iddi a'i dwyn – ei deffro? – yn ôl i'r presennol. Dilynodd hithau y llais gan weld cefn Adam Tattersall, ei wallt yn gynffonnau bychain, seimllyd ar ei war. A oedd o wedi ei hadnabod? Oedd, mae'n debyg. Ond mai cyfarchiad rhag-ofn-ei-bod-hi-wedi-ei-weld-ef-gyntaf oedd hwnna. Cyfarchiad i fynd yn ei flaen, nid i aros ac i gychwyn sgwrs. Nid oedd raid iddi hi felly ymateb. A phetai hi wedi medru gwneud, beth a ddywedai hi: 'Yes, it is!' neu 'Heard you're gambling again', neu 'UKIP?' Ond erbyn hyn yr oedd Adam Tattersall yn mynd drwy Borth yr Aur ac o'r golwg.

Yr oedd y môr o'i blaen bellach yn gnwd o oleuni. Ond edrychodd hi dros ymyl wal y cei. Yno roedd dŵr y llanw uchel yn duo wrth iddo agosáu at y mur. Dechreuodd hithau ddirnad rhywbeth o'i mewn fel petai'r düwch islaw yn peri i ryw eglurder mewnol ymffurfio'n raddol bach ynddi. A slap bob yn hyn a hyn y dŵr tywyll yn erbyn y meini yn galluogi geiriau i lacio'n ara deg o'i mewn; geiriau a fyddai yn y man o'u rhyddhau a'u cynnull i gyd at ei gilydd, a'u trefnu, yn rhoi iddi frawddeg o wybodaeth dduach na'r dŵr oddi tani … Hyn ydoedd, tybed:

tybio fod ein penderfyniadau a'n cymhellion yn ein cyrraedd yn bethau newydd-eu-bathu, wedi eu lapio ym mhapur sidan 'ewyllys rydd' neu ym mag papur 'rhyddid personol', a hwythau bob tro wedi ffurfio eu hunain yn nirgelion llwyr ein crebwyll tywyll ac o'r golwg fisoedd, flynyddoedd lawer, hyd yn oed, ynghynt, gan ddyfod i'r fei maes o law ar yr adegau cyfaddas yn gwisgo masgiau geiriau gweigion fel 'fi', a 'dewis', a 'bwriad'. Nid oedd 'hi' na neb arall yn medru rheoli dim byd, dirnadodd i gyfeiliant slap ar ôl slap y dŵr. Ymddangosiadol oedd popeth. Tybio mai rhydd ydym a wnawn. A'r dŵr islaw yn slapio'n ddu ar y meini. Slap. Slap. Slap.

'I came back because I didn't think you were all right. Are you all right?' meddai Adam Tattersall. Trodd hithau i'w wynebu. Edrychodd arno drwy gen o ddieithrwch fel petai bod dynol arall yn rhywbeth newydd hollol iddi.

'All right? Are you?' holodd Adam hi eto.

'What? ... Yes! ... Of course I am,' meddai hithau yn gollwng ei hun i eistedd ar y wal, ei law ef yn barod i'w dal rhag ofn. *Cogito, ergo sum*, meddai hi o dan ei gwynt.

'Tea is that?' ebe Adam. 'That's where I ... when I ... you ... was ...'

'Was that an attempt at a coherent sentence, Mr Tattersall?' meddai Bet yn dyfod ati ei hun ac yn gwenu, ei gwên yn dweud wrtho ef ac wrthi hi ei hun ei bod wedi cytuno i'r gwpanaid o de oherwydd, wedi'r cyfan, roedd hi'n llawer rhy gynnar ar gyfer y twrnai Watkins a byddai cwpanaid o de, hyd yn oed hefo Tattersall, yn wastraff cyfleus o amser.

'Good,' meddai Adam. 'There's a ...' a gwnaeth ryw giamocs â'i fys: un symudiad cyflym am i fyny a symudiad chwim arall i'r dde, 'over there. Cafe.'

'Word order doesn't seem to be your thing this morning, Mr Tattersall,' meddai Bet.

'That's what?' ebe ef yn gwyro ei ben fymryn i'w chyfeiriad gan roddi digon o gyfle iddi hi sylwi ar ei edrychiad: rywle rhwng tristwch a gofal?

'Steady as she goes,' ebe Adam pan ddechreuodd Bet gerdded.

'I am not a ship, Mr Tattersall,' meddai hithau.

'No. No,' ebe yntau yn symud i'r ochr oddi wrthi, y ddau'n parhau i gydgerdded ond bellter oddi wrth ei gilydd fel petai'r naill a'r llall yn gafael un bob pen i rwyd neu raff anweledig.

'A most salubrious morning,' ebe Adam yn ei adleisio'i hun.

Ciledrychodd i gyfeiriad Bet i chwilio am adwaith. Ond yn ei blaen heb ymateb yr aeth hi.

Daeth awel ar hyd y Fenai a chrymanu y mân flodau araul o wyneb y dŵr.

'Conversation is a wonderful thing,' ebe Adam yn llawn rhyw afiaith annisgwyl hyd yn oed iddo ef ei hun, ei law yn rhwbio fformeica top y bwrdd yn y caffi.

'You say that in anticipation, I take it?' meddai Bet, yn rhyfeddu ei bod yn blygeiniol fel hyn yn eistedd o flaen bwrdd fformeica-top mewn caffi fymryn yr ochr orau i'r gair 'budr', hefo dyn yr oedd ei fyd ef a'i byd hi fydysawd ar wahân.

Syllodd y ddau ar gryndod cwlwm – cwlwm bychan o oleuni ar y bwrdd yn clymu a datglymu ei hun drosodd a throsodd hefo'i garrai lathr.

'That's come all the way from the sun,' ebe Adam.

'Disgusting,' meddai Bet.

'I think it's rather beautiful,' ebe Adam yn parhau i edrych ar y bellen goleuni'n ymddatod ac ymgordeddu ar yn ail.

'I meant the coffee,' meddai Bet yn rhoi ei mŵg i lawr a cheisio brathu'r croen llefrith o'i gwefus.

'Milky coffee, eh?' ebe Adam.

'So tell me, Mr Tattersall. What's your mug doing all over town on UKIP posters? You'll never win.'

'Oh! And who's to say? We might. We might,' atebodd, ei dôn yn newid i rywbeth tebyg i ddiffeio, a'i lais yn caledu nes peri i Bet deimlo peth ... ofn? 'But we'll ruffle some feathers,' meddai'n tyneru a chwifio ei fysedd fel petai'r plu yno o'i flaen eisoes. Gwenodd: 'That will be it, you see,' ei fys yn dyrnu'r 'it' i'r bwrdd, 'coming close. They won't like that. Following someone down an alleyway can be much more scary than even your hand on her throat.' Cododd ei aeliau ar Bet. 'Anyhow, it's not about winning. It's about protesting.' Teimlodd hithau ei afiaith blaenorol yn dychwelyd yn ei ynganiad o 'protesting'. Fel petai'r 's' yn drampolîn i'w lais.

'Protesting about what?' holodd Bet, sŵn ei geiriau yn ei thynnu'n ôl o ryw ymyl yr oedd hi'n ddiarwybod iddi ei hun wedi cael ei gwthio iddo; rhyw ymyl nad oedd o'n saff.

'Things!' ebe Adam a'i law yn ddwrn ar y bwrdd.

'Things?'

'Things,' meddai ef drachefn, ei ddwrn yn codi a gostwng y mymryn lleiaf ar y bwrdd, ei lygaid wedi eu hoelio arni.

Teimlai Bet na fedrai hi holi beth oedd cynnwys y 'things' rhag ofn iddo ddehongli hynny fel sarhad neu jôc. Yr oedd rhyw ddifrifwch peryglus yn y dyn hwn ar y foment hon, dirnadodd. Pam, holodd ei hun, nad yw argyhoeddiad o unrhyw fath fyth i'w weld yn cyd-fynd â synnwyr digrifwch?

Un oedd ef. Ond beth petai yna ddau ohonynt o'i blaen? Beth petai yna bump yn ei hwynebu? Deg. Hanner cant. Cant. Mil. Ciwed fyddai yna wedyn, wedi eu tanio gan afresymoldeb 'things'. O, oedd, yr oedd ofn ar Bet y funud hon.

'Don't look so worried, Mrs Scott-Palmer,' meddai, yn cofio ei henw'n gywir y tro hwn; a hynny hyd yn oed yn peri iddi ddal ei hanadl fel petai ei snâm yn cael ei ddarllen o lyfr bychan du ei gas, y bwrdd fformeica-top bellach yn ddesg, ef un ochr, hithau'r ochr arall yn cael ei holi. 'Things aren't how they ought to be, you know. Jobs. Decency. Honesty.'

'And you want UKIP for those things?' mentrodd Bet. 'Jobs. Decency. Honesty.'

Yn dawel ei dôn, meddai Adam: 'They listened. They were interested. They tell the truth.'

Cofiodd Bet, y cofio'n foment o ryddhad iddi, ei bod wedi ofni 'gwirionedd' erioed. Oherwydd yn y man y mae 'gwirionedd' yn bownd o ladd rhywun.

'And the truth is?' ebe Bet, ei hyder yn ôl.

'Anger, Mrs Scott-Palmer,' atebwyd hi.

'What are you angry about?' holodd hi.

'Things!' meddai gan wagio ei fẁg o goffi i lawr ei gorn gwddw ar un llwnc. 'I never asked you,' a rhoddodd ei fẁg yn ôl ar y bwrdd, 'what are you doing out so early? Just the two of us out so early.'

'I have a meeting to go to,' ebe hi.

'So have I,' meddai yn wincio arni a chodi.

Ond nid oedd Bet am adael i bethau ddod i ben mor ddiniwed â hyn. Canfu'r cythraul ynddi hi ei hun.

'Mr Tattersall,' meddai, 'yours is the politics of nostalgia. Sentimental, nasty and ultimately violent. You should remember the second law of thermodynamics. It applies to everything and everybody. You can only go forward. Never back.'

Edrychodd arni.

'Intellectuals!' meddai. 'You despise us. And patronize us.'

'Us?' meddai Bet.

'Us,' meddai, 'the ordinary people.' A gwenodd, a newidiodd ei dôn fel petai mewn rheolaeth lwyr o bethau. 'Oh!' meddai, 'I haven't paid.' A churodd bocedi ei gôt.

'Allow me,' ebe Bet.

'Are you sure?' meddai. 'I didn't ...'

'I am,' torodd ar ei draws.

'Wan eiti,' meddai'r ferch wrth y til. 'Cês dio de. Dwi'm yn meddwl 'mod i 'rioed 'di'i weld o'n talu am ddim byd, chi. Ond mi geith lorri-lôd o fôts. Teling hyr ail fôt ffor iw, Mr Tattersall. Iw sbîc owr langwij yeah.'

'Ond tydach chi ddim yn edrach yn hogan flin,' meddai Bet wrthi.

'Fi? Blin? Arglwydd, nadw! Hapi as Lari, fi.'

Ni welodd Bet hi'n gwneud migmas â'i hwyneb wedi i Bet droi ei chefn arni. Ond gwelodd Adam a gwenodd arni.

Edrychodd Bet o gwmpas y caffi. Gwelodd y ferch hi'n

gwneud. Edrychiad ffycin snob, meddai wrthi ei hun ac meddai wrth Bet:

'Sori! Odd hynna'n tw ffiffti, nid wan eiti. Mai mustêc.'

Chwiliodd Bet yn ei phwrs am y gwahaniaeth a thrawodd y pres ar y cownter heb edrych ar y ferch.

Yr oedd Adam Tattersall ar y pafin yn disgwyl amdani.

'You have a meeting to go to,' meddai Bet wrtho, ei geiriau yn ei wthio oddi wrthi.

'So I have,' ebe yntau. Gwenodd arni, ac meddai: 'But you came back. Nostalgia, eh?' Gwenodd eto, a throi oddi wrthi.

Wrth iddo droi a thros ei ysgwydd sylwodd Bet ar ddau ym mhen pellaf y stryd yn croesi o balmant i balmant: y dyn fel petai yn cael ei ledio gerfydd ei law gan wraig oedd yn iau – oedd hi? Ni allai Bet weld yn iawn – nag ef. Lledodd rhyw fud adnabyddiaeth o'r dyn dros Bet; rhywbeth am ei osgo, tybiodd.

'Athro?' holodd ei hun.

Ond am nad oedd hi eisiau i Adam Tattersall feddwl ei bod yn ei ddilyn, trodd i'r cyfeiriad arall. Edrychodd ar ei watj. Deng munud i ddeg. A hanner awr arall cyn y mentrai i swyddfa'r twrnai. Gwelodd ferch y caffi yn gosod poster UKIP yn y ffenestr ac wrth wneud, am eiliad, yr oedd wyneb Adam ar ysgwyddau'r ferch. Trodd hithau ei golygon oddi wrth y ddeuryw yn y ffenestr. Gwelodd law yn y siop gyferbyn yn troi arwydd 'Ar Gau' rownd i ddarllen 'Ar Agor'. Darllenodd yr enw 'Y Siop Las' mewn llythrennau cochion uwchben y drws.

Siop a dwy ffenestr o boptu'r drws ydoedd. Gan fod ei chwilfrydedd wedi ei ddeffro, neu fod arni angen gwastraffu amser, neu i osgoi edrychiad merch y caffi a oedd, fe wyddai, yn parhau i edrych arni, neu oherwydd ei bod hi'n hunan ymwybodol ei bod hi'n tin-droi ar y stryd, penderfynodd fynd i sbianna yn ffenestri'r siop.

'Geriach' oedd un gair posibl i ddisgrifio'r hyn a welai. ''Nialwch', un arall. 'Bric-a-brac' fyddai'n garedicach efallai. Ond wrth fynd o un peth i'r llall canfu ei hun yn ymddiddori yn y cynnwys. Tair lamp olew Aladin. Tyrban. Tyrban? Ie, tyrban.

Car pren, melyn ei liw, a dwy ddoli tjeina wrth ochrau'i gilydd yn y sedd; un wedi plygu dros yr olwyn lywio a'r llall wedi sythu ei hun ar ei hyd am yn ôl fel petaent yn dynwared damwain neu ddiwedd noson dda. *Boater*, panama a het galed. Hen bres: yn geiniogau a hanner coronau, pisiau tair, hen chwecheiniogau a phapurau chweugain. Trên Hornby yn ei focs ac un arall yn dyfod allan o dwnnel, signal o'i flaen yn ei erbyn, ac yntau wedi stopio 'am byth', meddai Bet. Berfa las ar ei hochr a'i marsiandïaeth – jariau, poteli, fasys, jygiau – yn llanast wedi ei drefnu hyd lawr. David Lloyd yn edrych arni o glawr ei record. Jac a Wil hefyd o glawr arall. Yn hongian ar weirs yr oedd tair ffrâm llun, dwy ar hytraws ac yn wag a'r llall yn y canol yn cynnwys portread o ddyn. Craffodd Bet ar yr wyneb canol oed yn y ffrâm eurwaith o ddail llawryf. Winciodd y portread arni a chamodd y perchennog yn ôl i'w siop. Gwenodd Bet a chroesodd i'r ffenestr arall. Yno nid oedd dim ond un o gadeiriau coch yr Arwisgiad ac ysgerbwd yn eistedd arni, coron – eisteddfod? – ar ei ben. Yn hongian ar linyn rownd ei wddf darn o gardbord ac arno'r geiriau: 'Eich Dyn!' Daeth pwl o chwerthin drosti. Cynyddodd y pwl yn chwerthin go iawn. Yr oedd y ferch yn y caffi yn parhau i edrych arni. Penderfynodd fynd i mewn i'r siop.

Pan welwyd hi'n dyfod trwy'r drws ataliodd y tri yn y gornel bellaf eu sgwrs. Nodiodd Bet ei phen i'w cyfeiriad. Parhaodd y tri i syllu arni. Dechreuodd hithau deimlo'n annifyr gan ddifaru dyfod i mewn. Ceisiodd osgoi eu golygon. Ond wrth wneud sylweddolodd eu bod yn noethion ac mai manecwiniaid oeddynt. Gwelodd gwpanaid o de'n stemio ar fwrdd. Edrychodd am y perchennog ond nid oedd golwg ohono. Trodd i edrych ar gefnau'r fframiau yn y ffenestr rhag ofn ei fod wedi penderfynu ailgydio yn ei gast o osod ei ben yn un o'r fframiau fel yn flaenorol er mwyn wincio ar gwsmeriaid posibl. Ond na, unwaith y dydd y cyflawnid hynny, mae'n amlwg. Sylwodd ar resiad o lyfrau ar ben yr hyn a alwai ei Modryb Catrin – a chlywodd ei llais eto fel petai wrth ei hochr – yn 'tallboy'. Wrth fynd i gyfeiriad y llyfrau trawodd fas wydr â botwm metal llawes ei chôt nes peri i un nodyn drafeilio drwy'r holl siop. Ffwdanodd a thynnu ei braich am yn ôl ond yn rhy siarp nes hitio mwnci a drwm yn sownd i'w frest. Dechreuodd y mwnci waldio'r drwm â'r ffyn yn ei ddwylo a symud ei ben o ochr i ochr. Symudodd hithau ei dwylo'n hurt i fyny ac i lawr o boptu iddo fel petai hynny'n ddigon i'w ddiffodd. Adfeddiannodd ei hun a chofiodd mai i gyfeiriad y llyfrau yr oedd hi'n mynd. Clywodd sŵn peiriant mewnol y mwnci'n dechrau diffygio a'r taro'n colli ei nerth.

Edrychodd drwy'r llyfrau, rhyw ddau ddwsin ohonynt, Cymraeg i gyd. Daeth â *Storïau o'r Rwseg* i'r fei. Holodd ei hun, pan welodd deitl y stori, ai Dostoieffsci a ddywedodd 'ein bod ni i gyd wedi dyfod allan o *Fantell Gogol*'? Rhoddodd y gyfrol fechan o'r naill du. Tynnodd lyfr am yn ôl o'r rhes, digon i weld y teitl a'r awdur – *Y Greal Santaidd*, E. Tegla Davies. Gwthiodd ef yn ôl. Rhedodd ei gewin ar hyd y meingefnau. *Do, Mi, Re*, Tom Rhydderch, darllenodd. Rhoddodd ef yn ei ôl. Daeth â llyfr i'r amlwg oherwydd yr oedd wedi ei adnabod. Trodd i'r wynebddalen a darllenodd yr inc coch: *Traethawd ar Drefn Wyddonol gan René Descartes. Wedi ei gyfieithu o'r Ffrangeg, gyda Rhagarweiniad, gan D. Miall Edwards*. Yr oedd haul uwchben y geiriau a theimlodd hithau heulwen fewnol. Yn reddfol aeth i'r bedwaredd adran. Dechreuodd ddarllen. ''Dach chi'n ôl-reit yn fan'na?' meddai llais o'i hôl. Ni chlywodd oherwydd yr oedd hi'n darllen yn rhy ddwfn:

'Ond yn union wedyn mi sylwais, tra dymunwn yn y modd hwn dybio mai gau yw popeth, ei bod yn rhaid anorfod fy mod i, yr hwn a dybiai hynny, yn rhywbeth. A chan imi sylwi bod y gwirionedd hwn: Yr wyf yn meddwl, am hynny yr wyf yn bod, yn beth mor gadarn a sicr fel na allai holl ddychmygion mwyaf eithafol yr amheuwyr mo'i ysgwyd, bernais y gallwn yn ddibetrus ei dderbyn fel egwyddor gyntaf yr athroniaeth a geisiwn.'

'Chi'n gweld,' meddai fel petai dosbarth o'i blaen, 'dyna

gychwyn y byd modern. Nid blaenoriaeth cred mwyach ond blaenoriaeth amheuaeth. Mor brydferth oedd hyn yna.'

'Mae'n rhaid ei fod o,' ebe'r dyn o'i hôl a'r baned de yn ei law.

'O! Mae'n ddrwg gin i,' meddai. 'Y mwnci! Mae'n ddrwg gin i ... O! ... Chi ydy'r dyn yn y ffrâm.'

'Ddrwg gin inna,' ebe'r dyn. 'Hen fyrraeth gwirion.'

Edrychodd Bet ar ei watj. Bron yn hanner awr wedi deg. 'Rargol.

'O!' meddai drachefn. 'Rhein, plis.'

A rhoddodd y ddau lyfr, y *Traethawd* a'r *Storïau*, i'r dyn.

'Faint? Do's 'na'm pris arnyn nhw hyd y gwela i. A dwi ar dipyn o frys, mae gin i ofn.'

Edrychodd y dyn ar y llyfrau. Edrychodd arni hi. Edrychodd ar y llyfrau drachefn.

'Punt am y *Storïau*,' meddai a brathu ei wefus, 'pump am y llall.'

Edrychodd hithau ar y dyn. Ond teimlodd yr heulwen drachefn. Talodd iddo.

Ar y ffordd allan sylwodd ar dair potel fechan: dwy hefo'i gilydd, gwagle, a'r llall ar wahân. Y gwagle a'i llygad-dynnodd. A darganfu ei galar drachefn. Yr oedd ei llygaid wedi cyfrif tair potel. A'i galar wedi gweld y bedwaredd. Yr un nad oedd yna. Yr un a oedd wedi mynd. Gwraig y gwacterau oedd hi. Rhag dy gwilydd di, dywedwyd wrthi. A daeth diffyg ar ei haul.

Go brin iddi glywed y dyn yn holi: 'Bet Bach Huws ar f'enaid i, ia ddim?' Efallai iddi ei glywed. Ond allan yr aeth.

* * *

Yr oedd yn rhaid i Tjeryl sortio rhywbeth. Dywedwyd wrthi gan Charlie, y dreifar lorri Pepco, mewn galwad ffôn yn gynharach fod yn rhaid iddynt 'lie low' am ychydig oherwydd iddo glywed si fod y rheolwyr yn amheus o ryw ddynes – a rhoddodd enw iddi, Carol-Ann Higgs – a oedd o bryd i bryd, ond yn amlach yn ddiweddar, yn dychwelyd pethau i'r siop oherwydd eu bod nhw 'past their sell-by date' a hithau'n honni mai newydd eu prynu yr oedd hi a'i bod hi eisiau nid 'replacement' ond ei phres yn ôl. Ni allai'r wraig fyth gyflwyno derbynneb pan ofynnwyd iddi wneud hynny ac nid oedd yr un o bobl y tiliau yn cofio ei gweld yn prynu dim yn Pepco erioed. A doedd 'na neb chwaith yn meddwl ei bod hi'n ddynes camembert heb sôn am manchego. 'She's more the cow on the Dairylea,' oedd sylw Charlie. Felly, fel yr addawodd Tjeryl i Charlie, fe fyddai hi 'on ddy cês' y bore hwn ac yn ei sortio 'wans an ffor ôl and rili sori abawt ddus'.

Tŷ Carol-Ann oedd yr olaf, felly, y bore hwn ar restr y distribiwshyn. 'Stei hiyr a dim bags,' oedd gorchymyn Tjeryl i'r hogiau.

'Be ti feddwl est ti â fo'n ôl am 'i fod o past uts sel bai dêt?' meddai Tjeryl wrthi fodfeddi o'i hwyneb. ''Sa'm byd 'dan ni'n ddŵad i fama past uts sel bai dêt. Uts olweis ddus wîcs. Cadw petha ti de so ddat iw can get ddy myni bac. Own yp! Petha fel chdi sy'n mynd i neud i ni gal 'n dal. And dden wher wul iw ol bi? Iw selffish caw.'

Camodd Carol-Ann am yn ôl a medrodd ganfod rhyw herfeiddiwch ynddi ei hun. Meddai:

'Be 'swn i'n mynd at y polîs a deud bob dim?'

Yn ddigyffro, rhoddodd Tjeryl ei llaw am wddf yr hogan o'i blaen a dechreuodd wasgu.

'Wat dud iw sei?' meddai yn gwasgu fwy.

Edrychodd Tjeryl i'w llygaid a pharhau i wasgu hyd nes y gwelai yr hyn yr oedd hi angen ei weld: ofn. Fe'i gwelodd. Gollyngodd ei gafael.

Agorwyd y drws a daeth bachgen bach i mewn.

'Be sy, Mam?' meddai.

Trwy ei phesychu ac mewn crygni, ebe'i fam: 'Dim byd. Dos i chwara.'

Edrychodd y bachgen bach ar y llawr.

'Dŵr,' meddai, yn pwyntio at y gwlybaniaeth oedd wedi cronni o gwmpas traed ei fam. Edrychodd Tjeryl hefyd.

Edrychodd y bachgen bach ar Tjeryl. Winciodd hi arno. Gwenodd yntau'n ôl.

'Sori,' ebe Carol-Ann.

'Ffyc off,' meddai Tjeryl gan wneud siâp ceg y geiriau'n unig.

Chwalodd wallt y bachgen bach yn chwareus ar y ffordd allan.

'Awê,' meddai wrth Mei Ling a Quentin pan gyrhaeddodd hi'r fan yn ôl.

'Ond be am bagia'r dynas 'na?' holodd Mei Ling.

'Odd hi'm isio'm byd heddiw,' ebe Tjeryl.

Gwyddai Mei Ling a Quentin yn ddigon da i beidio holi mwy.

'Sorted,' meddai hi i beiriant ateb Charlie.

* * *

'... and I felt angry, you know. Angry with her. God Almighty, I thought she was going to jump into the sea. The look on her face. That end-it-all kind of look, you know. So back I go. Leave her, I thought. Leave her to her own devices. Don't get involved. But my better nature prevailed. So back I go. Just in time, I thought. Didn't know what to say. I garbled something. She said something back. But I got her talking. I moved her along. That's all I cared about. Move her along. So I take her for a cuppa. What else do you do? We talk politics. She wanted to talk politics. I didn't. So we talk politics. Better talking politics, I thought, than whatever was on her mind back then by that sea wall. I didn't want to talk politics. She did. So we did. I obliged. Then I remembered in the middle of it all; you know that feeling: you're in the middle of something and you remember something awful, so I remember I haven't got any money to pay. Not a bean. I feel embarrassed, you know. But I don't carry money around any more. You people understand that. Carrying money is too much of a temptation. I have the means then. So I don't. Maybe it was that, you know, that made her turn on me. That she had to pay. So I go outside and wait for her on the pavement. I was going to explain. Tell her, you know. Apologise and tell her why. Then as if she knew, she launches into me about odds. On the pavement she asks me if my election chances are five to one or evens. She knew! Jesus, she knew! How? How did she know? And I'm straight back on the carousel. We all know the carousel, don't we? One feeling leads to another. The anger comes. Pushing the self-pity in front of it. The whole kerfuffle. So I leave her. I have to leave her. She can think what she wants. I'm going. I go. To find people who know. Who know the truth. You lot. But there's an hour to go. So I walk round town with this festering anger. The anger is who you are. You're just anger. Then I see my son carrying somebody's shopping out of a van to the house. I see the old lady taking the bags. I don't let him see me, mind. And I think: Hey! That's nice. That's kind. And my anger pipes down a little. Doing something for somebody else. My boy. How nice is that? And I realise that coming to these meetings I do for me. Of course for me. But also for him. Things haven't been easy. You know they haven't. It's my way of telling him that I love him. That he can have a dad to be proud of. But he'll never know. No one ever knows. Thanks for letting me share.'

Rhoddodd y wraig tu ôl iddo ei llaw ar ei ysgwydd; y dyn wrth ei ochr ei law ar ei ben-glin. Anadlodd yntau un anadl ddofn a'i chwythu allan â'r un dyfnder.

* * *

Ar ei ffordd i mewn i swyddfa'r twrnai Watkins derbyniodd Bet neges destun. Yn y man, ond nid rŵan, byddai'n darllen: 'Letting you know that I'm all right. How about you? C x.'

Yr oedd y sgwrs rhwng Bet a'r ferch yn y dderbynfa fel deialog mewn drama sâl – ystrybedol, disgwyliadwy, teledaidd – neu ddeialog gan ddramodydd oedd wedi hen golli ei afael ar y llwyfan – ffug-naturiol, di-fflach. Fel hyn yr aeth:

Bet: Bore da. Guthwn i weld y twrna os gwelwch chi'n dda?

Hogan: Sgynnoch chi apointment?

Bet: Apointment?

         (Bet yn ymagweddu fel petai hi erioed o'r blaen wedi
         clywed y gair 'apointment'. Mae'n teimlo'r holi hwn
         yn inffra dig.)

Hogan: Ia. Fedrwch chi ddim jyst cerddad i mewn o'r stryd,
         chi!

         (Mae Bet yn teimlo fel dweud wrth yr hogan bowld
         hon am feindio ei manars. Yma i wasanaethu y mae
         hi; i fod yn glên. Ni ŵyr hi sut i siarad â chleientiaid.
         Nid yw 'Fedrwch chi ddim jyst cerddad i mewn o'r
         stryd, chi!' yn frawddeg dderbyniol.)

Bet: Bobol bach!

         (Mae'r ferch yn dirnad ei bod wedi tynnu'r gwynt o
         hwyliau'r snoban ymddangosiadol hon. Ymateb hen
         bobl a hen ffasiwn yw 'Bobol bach!' bellach. Ymateb
         gwantan fel 'diar mi' neu 'poeth y bo'. Ymateb o'r
         gorffennol. Y mae'r ferch yn deall mai ar yr wyneb yn
         unig yr ymddengys Bet yn nerthol. Nid oes ynddi
         unrhyw rym mewnol o gwbl. Rhywun heb rym
         mewnol yn unig sy'n defnyddio 'Bobol bach!'
         Penderfyna'r ferch beidio ag ymateb i Bet, dim ond ei
         gadael mewn pwll o ddistawrwydd. Gŵyr y bydd
         hynny yn simsanu Bet. Wedi'r distawrwydd
         disgwyliadwy:)

Bet: Ydy hi'n bosib cael apointment?

         (Dylai ymarweddiad Bet gyfleu'r wybodaeth nad yw
         hi am iselhau ei hun o flaen y ferch gyffredin hon
         drwy geisio efelychu ei hieithwedd neu ddynwared ei
         meddylfryd. Ond yn fewnol y mae Bet yn teimlo fel
         beichio crio. Ond nid oes neb yn dirnad hynny, wrth
         gwrs. Efallai y medrai cyfarwyddydd da 'edliw' y peth.
         Ychwanega:)

         Ar fyr rybudd?

Hogan: Pwy 'sach chi'n licio'i weld?

(Mae'r hogan yn gwybod na eill Bet roi 'run enw iddi. Mae'r hogan yn ynysu Bet yn ei hanwybodaeth.)

Bet: Pwy sydd ar gael?

(Mae Bet yn rhoi ei dwy law ar y ddesg ac yn gwyro i gyfeiriad yr hogan. Mae Bet yn gwenu ar yr hogan gan wybod fod yn rhaid i'r hogan rŵan roi enw neu enwau iddi. Mae Bet yn ieithyddol wedi 'troi'r byrddau'.)

Hogan: Mae Sioned Watkins ar gael.

(Mae'r hogan yn 'penderfynu' ildio, er mai gorfodaeth yw'r ildio. Nid yw hi'n werth trafferthu â hi: fel hyn y mae hi'n 'esgusodi' ei methiant i gael y llaw drechaf ar yr 'hen drwyn' hon o'i blaen.)

Bet: Rŵan?

(Cwestiwn yw'r 'Rŵan?' ond fel gorchymyn y clyw yr hogan ef. Mae Bet, wrth reswm, yn sythu ei hun o flaen y 'bitj bach'.)

Hogan: Ma gynni hi hannar awr i sbario cyn yr apointment nesa.

(Nid yw'r hogan yn ildio'n llwyr. Mae hi'n pwysleisio 'sbario' fel y bydd y gynulleidfa yn cysylltu'r gair â 'sbarion', 'gweddillion' ac – yn y man – 'gwehilion cymdeithas' a 'brwsh a rhaw'. Ac efallai – y mwyaf effro o'u plith – â Spar: siop y mae'r 'cyffredin' yn ei mynychu ran amlaf. Y bwriad yw, drwy'r defnydd o'r gair 'sbario', dynnu Bet o'i phedestl a'i 'chyffredinoli'; ei gwneud fel 'pawb arall'.)

Bet: Mi gaiff Sioned Watkins fy ngweld i felly.

(Dylai'r gynulleidfa ddeall o'r dull hwn o ymadroddi mai braint Sioned Watkins yw cael ei gweld hi, Bet, ac nid i'r gwrthwyneb. Mae Bet wedi cario'r dydd. Dylid medru dangos hynny a chyfleu goruchafiaeth iaith y breintiedig ar iaith yr 'hoi polloi' (gw. *A Marxist Philosophy of Language*, Jean-Jacques Lecercle). Dylid gweld yr hogan yn mynd yn benisel, wedi ei llorio, i guro ar ddrws Sioned Watkins. Mae Bet yn ychwanegu ar ei hôl:)

Elizabeth Scott-Palmer, dywedwch.

(Nid dweud ei henw y mae Bet yn y fan hyn, ond ei ddatguddio. Dylai'r actor fedru dweud 'Elizabeth Scott-Palmer' yn union fel y dywedodd cymeriad o'r enw Duw mewn drama arall 'slawer dydd: 'Ydwyf yr hyn Ydwyf.')

Yn absenoldeb y ferch, darllenodd Bet y neges destun a gyrhaeddodd eiliadau wedi iddi gamu i mewn i'r swyddfa hon:

'Letting you know that I'm all right. How about you? C x.'

'Mrs Scott-Palmer,' meddai merch ieuanc, ei llaw am allan. ''Dach chi'n lwcus. Ma gin i hanner awr i'w sbario. Dowch.'

Gwenodd y ferch wrth y ddesg pan glywodd y gair 'sbario'. Ufuddhaodd Bet i'r gair 'dowch'. Dilynodd. Cliciadau sodlau'r ddwy fel gwrando ar ymgecru pell yr ochr arall i ddrws caeedig.

Ar y wal yn y coridor yr oedd llun mawr o 'Rhen Ddyn Watkins. Yr oedd o o hyd yn edrych ar Bet. Blynyddoedd o edrych arni.

'Tydach chi ddim iws i mi bellach,' clywodd ei hun yn ei ddweud wrth ei Modryb Catrin; yr hen wraig yn rhwbio ei dwy law i fyny ac i lawr ar hyd ei hochrau fel petai hi'n ceisio dileu brath y gair 'iws' gan wenu yn y man wên gwta arni hi, ei nith.

'Well i chi fynd, dwi'n meddwl,' meddai Daniel Watkins wrthi gan roi ei law ar ysgwydd hen wraig oedd wedi ei brifo i'r byw.

Yr oedd ei edrychiad arni y bore hwn o hyd yn dweud wrthi am 'fynd'.

'Fy nhaid,' ebe Sioned Watkins o riniog drws ei swyddfa yn ei gweld wedi aros i edrych ar y llun cyhuddgar, ac ymestynnodd ei braich i'w gwahodd i mewn.

Dangosodd sedd i Bet. Eisteddodd hithau ar ymyl y ddesg. (Nid oedd Bet yn meddwl fod 'eistedd' yn y modd yna, eistedd blêr, yn ei chymryd hi o ddifrif.) Edrychodd Sioned Watkins wedyn ar ei watj. Y ffasiwn hyfdra.

'Ready, steady, go, ia?' meddai Bet yn edrych ar ei watj hithau. 'A ma'r hannar awr yn cychwyn ... rŵan!'

'Cywir,' ebe Sioned Watkins yn hollol hunanfeddiannol – ac nid oedd Bet yn cynhesu at hynny o gwbl. 'Felly sut medra i fod o gymorth i chi?'

'Drwy syrthio ar eich bai fel cwmni,' ebe Bet. 'Nid y chi yn ogymaint ond yn sicr eich tad.'

Gwthiodd Sioned Watkins ei dwylo'n ddyfnach i bren y ddesg ar y gair 'tad', sylwodd Bet. 'O?' meddai.

'Mi rydach chi, nid yn fwriadol, dwi'n siŵr o hynny, ond drwy esgeulustod a blerwch proffesiynol, wedi caniatáu i dŷ fy modryb, bellach fy nhŷ i, gael ei rentu gan *third party* nad oes a wnelo hi ddim â mi. Mewn geiriau eraill, mae twyll wedi digwydd o dan eich trwynau chi.'

Plethodd Sioned ei breichiau a nodio ei phen yn araf.

'Mi a' i i nôl y ffeil. Tŷ eich modryb, medda chi?'

'Ia. Felly Catrin Evans fyddai'r enw ar y ffeil. Stryd Gamon, Garnon, mae'n ddrwg gen i ...'

Wedi iddi adael cafodd Bet gyfle iawn i edrych o gwmpas y swyddfa. Ond o'i heistedd. Ni feiddiai godi. Aroglueuodd bersawr y Ms Watkins hon gan geisio dyfalu beth ydoedd. *Flowers?* Gwyrodd ymlaen o'i sedd i geisio cael golwg gwell ar y lluniau ar y waliau. Hen fap o'r hen Sir Gaernarfon; Pen Llŷn – oedd hyn yn ffasiwn ar un cyfnod? – wedi camu fel petai wedi ei wneud o wêr tawdd. Printiadau – gwreiddiol? – o Flaenau Seiont. Bwlch yn y mur yn eiddew drosto. Twll yn Wal, dybed? Tair llong hwyliau wrth angor yn y cei. Llun arall o 'Rhen Ddyn Watkins yn cerdded i mewn i'r castell hefo dynion eraill – seiri rhyddion? – ddydd yr Arwisgiad. Gwelodd gefn ffrâm llun ar y ddesg. A'i chwilfrydedd yn drech na hi, edrychodd Bet o'i chwmpas, hanner codi, gafael yn y ffrâm, ac o'i droi gwelodd wynebau Sioned Watkins a bachgen a geneth – y bachgen yn hŷn o flwyddyn neu ddwy na'r eneth? – yn glòs, wengar, hapus hefo'i gilydd. A sylweddolodd Bet mai hwn oedd yr unig liw yn y swyddfa. Llwyd, sepia, du a gwyn oedd popeth arall.

Rhoddodd y llun yn ei ôl. Tad? holodd ei hun gan edrych a oedd ffrâm arall ar y ddesg. Nid oedd yr un. Eisteddodd Bet yn ei hôl, croesi ei choesau a thynnu ei sgert dros ei phen-glin.

Daeth Sioned Watkins yn ei hôl; ffeil a bocs ar ben y ffeil yn ei dwylo. Y tro hwn aeth i eistedd y tu ôl i'w desg, rhoi'r bocs i un ochr ac agor y ffeil. Edrychodd ar y llun ohoni hi a'i phlant. Gwthiodd y llun fymryn i'r ochr. Edrychodd ar Bet. Gwenodd Bet arni. Dechreuodd ddarllen llythyr ar ôl llythyr o'r ffeil. (Sylwodd Bet nad oedd yn gwisgo modrwy briodas.) Gwyrodd yn ôl i'w chadair.

'Na, Mrs Scott-Palmer,' meddai, 'dwi ddim yn meddwl y bydd raid i ni syrthio ar ein bai am ddim byd.' Gwyrodd yn ôl at y ffeil gan ddewis yn ofalus o blith y llythyrau un llythyr. 'Llythyr yn fama' – dangosodd y llythyr iddi – 'oddi wrth fy nhaid yn dweud fod eich modryb yn gwaelu ac yn dymuno eich gweld. Mae o wedi ysgrifennu 'No reply' arno. Un arall – hwn – yn adrodd trefniadau'r angladd. 'No reply' eto. Llythyr arall yn sôn am yr ewyllys. 'No reply'. A hwn, oddi wrth fy nhad y tro 'ma, yn gofyn oeddach chi wedi cytuno i rentu'r tŷ i Mrs Maureen Jones, gofalwraig eich modryb, fel yr haerai hi i chi ei wneud. Dwi'n dyfynnu rŵan: 'She has shown me a letter from you to that effect. Can you confirm this to be the case?' 'No reply' – a chwifiodd y llythyr – 'mae gin i ofn. Mae yna nodyn yn fama yn llawysgrifen fy nhad: "Mrs S-P wedi golchi ei dwylo o bopeth, mae'n amlwg!" – ebychnod a "WAS". "Wait and see" mae hynny'n 'i feddwl, gyda llaw.'

Caeodd Sioned Watkins y ffeil. Cododd ei hysgwyddau. Edrychodd ar Bet.

Yr oedd Bet eisoes yn wylo. Dagrau distaw. Dwy afonig dawel yn llifo i lawr ei gruddiau. A blynyddoedd o hunanoldeb ac o anghofio bwriadol – byddai ambell un wedi dweud maleisus – yn dinoethi eu hunain yn ei chrebwyll. Blynyddoedd yn dyfod i'r amlwg yn awchlym lachar fel llafnau cleddyfau o weiniau rhydlyd.

Gwthiodd Sioned Watkins y ffeil y mymryn lleiaf am ymlaen.

'Dwi wedi mynd â digon o'ch amser chi'n barod,' ebe Bet yn codi.

'Hwn!' meddai Sioned wrthi gan wthio'r bocs ar draws y ddesg. 'Mi roedd o wedi ei adael hefo'r ffeil. Yn amlwg, i chi mae o.'

Cododd Bet. Aeth at y ddesg. Cododd y bocs. Nid oedd ynddi unrhyw chwilfrydedd o gwbl i'w agor. Yr oedd, dirnadodd, yn ddi-hid ... Ond nid oedd am adael y swyddfa *fel hyn*. Felly penderfynodd ddyfod ati ei hun.

Ac ati ei hun y daeth. *Ati ei hun* yn yr ystyr o ailddarganfod sut y *dylai* gael ei gweld yn gyhoeddus, yn enwedig o flaen geneth ieuanc a ddigwyddai fod yn dwrnai, felly tapiodd y llun, oherwydd gwyddai yn reddfol mai drwy'r llun y medrai hi unioni pethau yn y swyddfa ddamniol hon:

'Del,' meddai.

'Llond llaw,' ebe'r fam.

'A Dad?' holodd Bet, yn gwybod mai'r cwestiwn hwn oedd yr un cywir i greu yr unioni hwnnw rhyngddynt a dod â'r ddwy eto i le o gyfartaledd emosiynol. Nid oedd yng nghymeriad Bet i adael swyddfa fel hon nac unman arall ychwaith ar ei phedwar.

Crychodd Sioned ei gwefusau i ffugio gwên a throi ei phen fymryn i'r dde. Ia, meddai Bet wrthi ei hun, hwnna oedd y cwestiwn cywir. Yr oedd yn y ddwy ohonynt, felly, le o ddweud dim a oedd yn gig coch i gyd.

Canfu Bet ei chythraul drachefn a phenderfynodd nad cyfartaledd yr oedd hi ei eisiau ond goruchafiaeth, ac meddai:

''Ch tad 'ch hun oeddwn i yn ei feddwl, gyda llaw,' oherwydd dirnadai fod yna ryw 'ddweud dim' mwy ynglŷn ag ef.

Edrychodd Sioned i fyw llygaid Bet.

'Mi laddodd ei hun,' ebe hi, 'ond doedd dim disgwyl i chi wybod a chitha 'di bod o 'ma cyhyd.'

Ni theimlodd Bet ei goruchafiaeth yn gyfan gwbl.

'Oes arna i rywbeth i chi?' holodd, yn dianc i gysur arian – yr unionwr mawr – a'i ddiogelwch.

Ysgydwodd Sioned Watkins ei phen yn araf. 'Na,' meddai'n dawel.

Cododd Bet ei bag. Cododd y bocs. Cyffyrddodd â'r llun ar y ddesg eto. Gwenodd yn garedig ar Sioned Watkins. Cerddodd allan.

Trwy ddrws y dderbynfa sylwodd ar wraig ddieithr, a oedd yn amlwg wedi clywed sŵn ei cherddediad, yn troi ei chefn yn sydyn gan atal ar yr un pryd ei sgwrs â'r ferch bowld yr ochr arall i'r cownter. Oedodd Bet am eiliadau'n unig, edrych ar gefn y wraig ddieithr, edrych ar y ferch a oedd yn edrych arni hi gan roi'r cyfle i Bet ei hanwybyddu, cyn iddi fynd yn ei blaen drwy'r drws ac i'r awyr iach. Arglwydd mawr, yr awyr iach.

* * *

'Yndw'n tad!' meddai Tom Rhydderch i geg y ffôn; ystumiau ei wyneb, pe byddai unrhyw un yna i'w gweld, yn gwrth-ddweud ei eiriau a thôn ei lais. 'Na wir, pidiwch ag edrach ymlaen yn ormodol ... Wel ia, dwi 'di gweld fod fy hen wep i hyd lle 'ma ... Mewn siopau gweigion, a be ma hynny'n 'i ddeud, dwch? ... Hannar awr wedi saith ydan ni'n te? ... A chitha hefyd.'

'Damia!' meddai'n uchel wrth roi'r ffôn i lawr.

Ar eiliad wan, mae'n rhaid, y cytunodd i gael ei holi. Asbri – oedd o'n asbri? – dychwelyd i'w hen gynefin a phobl – ychydig, rhaid addef – wedi ei 'adnabod' – 'roswch chi rŵan, dwi'n nabod y gwynab': y math yna o 'adnabod' – ac yn 'awyddus' i'w 'glywed'. Ac yntau'n awyddus – awchu? – i gael ei 'weld'. I ganfod 'tystiolaeth' o'i fodolaeth ei hun. I sôn 'am eich gwaith, Mr Rhydderch'.

(O! meddai'r Athro Janet Osborne am ddigwyddiad cyffelyb flynyddoedd lawer yn ôl. Beth yw hynny'n hollol? Fersiwn llenyddol Cymraeg o'r *Antiques Roadshow*? 'I've brought you this old codger for an evaluation.')

Yr oedd blynyddoedd ei 'fudandod' – y blynyddoedd o 'beidio' ysgrifennu – bellach yn hwy na chyfnod y llenydda ei hun. A'r 'mudandod' hwnnw wedi magu – i'r 'ychydig' a ymddiddorai yn y 'pethau' hyn – ryw 'gyfriniaeth'; dyna oedd un gair a ddefnyddiwyd mewn rhyw gylchgrawn, yn rhywle, gan rywun, rhywbryd.

Edrychodd o gwmpas ei stydi. Silffoedd yn gwegian dan lyfrau o'i gwmpas: llyfrau pobl eraill. Llyfrau yr oedd wedi eu darllen (ychydig); llyfrau nad oedd wedi eu darllen (mwy). Dyfynnodd er mwyn profi rhywbeth iddo ef ei hun (profi beth yn hollol?):

'The intellect of man is forced to choose

 Perfection of the life, or of the work ...'

Hwyrach y medrai ddyfynnu hynny heno.

Ni ofalodd erioed am 'ansawdd' ei fywyd. Aeth pob 'daioni' i'w nofelau. Na, gwell peidio dyfynnu hynny heno rhag ofn i rywun ofyn am 'enghreifftiau', am 'fanylion'. Sut yn hollol, Mr Rhydderch, y bu i chi beidio â 'pherffeithio' eich bywyd? Fedrwch chi roi esiampl i ni o'r amherffeithrwydd?

Roedd ganddo ddyfyniad arall! Un gwell! Arthur Miller y tro yma: '... a need greater than hunger or sex or thirst; a need to leave a thumbprint somewhere on the world; a need for immortality and by admitting it the knowing that one has carefully inscribed one's name on a cake of ice on a hot July day.' Hynny oedd ysgrifennu iddo, fe ddywedai. Heno. Fe gaent wybod! (Ond be am y secs? Mm. Falla.)

Y gair 'carefully' oedd y gair mawr, fe wyddai. Medrai, fe wyddai eto, ddangos brawddegau o'i waith a oedd yn drybola o 'bwyll'. Ambell frawddeg wedi cymryd wythnosau i'w hysgrifennu. Nid anghofiodd erioed gyngor Eliot: 'write slowly'. (Nid iddo ef yn bersonol, wrth gwrs.)

Yr oedd ei du mewn yn troi. Gobeithiai na fyddai yno ond llond llaw, a dyheai ar yr un pryd i'r lle fod yn llawn dop. Yn orlawn o seicoffants.

Dyfynnodd drachefn:

'When all that story's finished, what's the news?

In luck or out the toil has left its mark:

That old perplexity an empty purse,
Or the day's vanity, the night's remorse.'
Pwy ydoedd bellach? Clytwaith o ddyfyniadau? Ydwyf yr hyn a ddarllenais?

Ei enaid fel ei goffrau yn wag.

Ond hwyrach heno y câi unwaith eto deimlo gwagedd y dydd ac y caent hwythau weld yr ymdrech a adawodd ei hôl. A gwybod am awr, awr a hanner, fod llenyddiaeth yn hanfodol i fodau dynol. I'w gwareiddio. Am awr, awr a hanner ...

A oedd o yn edrych ymlaen?

* * *

Gwelodd Bet hwy eto.

Yr oedd hi'n iawn y tro cyntaf. Gwelodd y ferch yn dringo'r grisiau i gyfeiriad y drws ffrynt, un llaw ar y canllaw haearn, y llaw arall yn llaw ei thad a oedd yn dilyn o'i hôl yn cario bag neges.

Arhosodd yno ar y pafin yn edrych i fyny arnynt. Dyheodd am iddo droi fel y medrai fod yn gwbl sicr. Gwelodd y ferch wrth y drws bellach yn dal goriad rhwng ei bys a'i bawd, a'i bysedd eraill yn crwydro'r pren er mwyn dod o hyd i dwll y clo, ei ganfod a gwthio'r allwedd i mewn.

A'r drws wedi ei wthio ar agor, y ferch yn barod i gamu i mewn, trodd ei thad fel petai wedi dirnad fod rhywun islaw yn edrych arnynt, a gwelodd yno yn y godre Bet yn edrych i fyny a thynnodd ar law ei ferch i'w rhwystro rhag mynd ymhellach. Craffodd yr hen ŵr. Edrychodd y ferch hefyd arni. Cododd Bet ei llaw y mymryn lleiaf i'w cyfeiriad gan ysgwyd ei bysedd fel petai'r aer yn nodau piano. Cododd yntau ei law yn araf. Oedd o wedi ei hadnabod, dybed? 'Arhoswch lle yr ydach chi. Mae 'na rywun ...' clywodd ef yn dweud wrth ei ferch. Daeth i lawr y grisiau yn ei ôl â phwyll mawr gan oedi ar bob gris, ei edrychiad yn barhaol ar Bet. Am be deimlai'n hydion daeth yn y man wyneb yn wyneb â hi.

'Athro,' ebe Bet.

Gwyrodd ei ben ychydig bach ymlaen, ei lygaid yn culhau a'i feddwl yn dyfalu. Cododd fys mewn adnabyddiaeth. Meddai:

'Elizabeth. Doctor Elizabeth. Elizabeth Descartes.'

'Ia,' ebe Bet.

'Wel!' meddai. 'Mae blynyddoedd.'

'Blynyddoedd,' ebe hithau.

Cyffyrddodd â'i braich.

'Dowch,' meddai a'i harwain at y grisiau. 'Ewch chi gyntaf. Dwi'n araf iawn.'

Esgynnodd Bet y grisiau. Wrth ddynesu at y ferch gwenodd arni. Ond ni chafodd wên yn ôl. Sylwodd Bet ar symudiadau cyflym ei hamrannau a symudiadau bychain ei phen o'r naill ochr i'r llall. Gwelodd y gwynder yn ei dwy lygad. Yr oedd hi'n ddall. Cofiodd rywbeth. Clywodd o orffennol pell lais yr Athro Hugh Thomas yn dweud wrth dair o'i ôl-raddedigion, hi yn eu plith: 'Roeddwn i'n darllen *Finnegans Wake* am yr eildro ac efallai mai dyna pam y galwyd hi'n Norah. Ond tydy hi ddim fel pawb arall.'

'Norah,' meddai'r Athro yn cyrraedd o'r diwedd, 'dyma chi'r Doctor Elizabeth Myfanwy Hughes. Ymgymerodd â gwaith ymchwil ar René Descartes dan fy nghyfarwyddyd i.' Oedodd. 'Mwya gwiriona ni'n dau,' ychwanegodd.

Edrychodd Bet arno. A ddylai hi ymateb? Ond 'Scott-Palmer erbyn hyn' ddywedodd hi.

Cydiodd Norah yn ei llaw gan ddechrau ei thynnu ar ei hôl. Edrychodd Bet ar yr Athro.

'Ia! Ewch,' meddai. 'Mi ddo i wrth fy mhwysau.'

Llediodd Norah hi ar hyd y coridor cul a hir; prinder y goleuni yn awgrymu mai brown oedd lliw y waliau; brown ar Anaglypta. Oedodd Norah i dynnu ei chôt a'i hongian ar stand. Edrychodd ar Bet a deallodd hithau. Tynnodd hithau ei chôt a'i rhoi i'w hongian. Cydiodd Norah drachefn yn ei llaw a symud yn ei blaen. Caeodd yr Athro'r drws ffrynt a thywyllodd y coridor fwyfwy. Trawodd ysgwydd Bet gongl ffrâm llun a'i symud. 'Welish mo ...' cychwynnodd ei ddweud, ymatal a gwthio'r ffrâm yn ôl i'w lle â'i llaw rydd. Llun gan Blake? dyfalodd. Clywodd yr Athro'n tynnu ei gôt. Rhoddodd Bet ryw lewc sydyn i fyny'r grisiau wrth fynd heibio. Meddyliodd iddi amgyffred rhyw symudiad cyflym uwchben. Agorodd Norah ddrws a'i harwain i barlwr. Parlwr a gyhoeddodd ei bresenoldeb drwy dician cadarn, undonog cloc – awdurdod o gloc – ar y silff ben tân, a thician – fel petai'r eiliadau'n gwisgo sodlau uchel gan symud yn fân ac yn fuan dros lawr amser – cloc arall, llai ar seidbord. Yr oedd dau far hen dân trydan ynghyn gan ofalu fod yr ystafell yn barhaol gynnes ... ac yn gysurus. Gwelodd y standard lamp a'i siêd a'i ffrils. Gwelodd ei hun yn naw oed yn sefyll yn stond fel soldiwr wedi tynnu'r siêd a'i rhoi ar ei phen yn aros i'w modryb ddod i mewn ...

'Dyma ni,' meddai'r Athro, 'eisteddwch yn y fan yna, Elizabeth.' A rhoddodd hi i eistedd mewn cadair esmwyth. Eisteddodd ef a Norah wrth ochrau ei gilydd ac o'i blaen ar gadeiriau cyffelyb. Teimlodd y lledr ffug yr arferai gofio ei enw ond yr oedd wedi ei anghofio.

Bu tawelwch. Y tri'n edrych ar ei gilydd.

'Wel, yn y wir,' ebe'r Athro yn y man.

'Feddylis i 'rioed ...' dechreuodd Bet. 'Mi ro'n i'n meddwl ...'

''Mod i wedi hen farw,' camodd yr Athro i mewn i'w brawddeg gan wenu a throi at ei ferch; hithau ar yr un pryd wedi troi ato ef a'r ddau'n cydwenu.

'Rhesymol iawn fyddai meddwl hynny,' meddai yn lliniaru embaras Bet, 'er nad yw marw'n ...'

'Gwyliau?' ebe Norah.

Edrychodd Bet yn hurt arni. Nid am nad oedd Norah wedi torri gair hyd yn hyn, ond heb unrhyw sail yr oedd Bet wedi rhagdybio ei bod hefyd yn fud. Teimlodd gywilydd.

'Gwyliau?' atebodd Bet yn ei holi ei hun ar goedd ... a dechreuodd fyrlymu: 'Gwyliau? Na, go brin. Fe laddwyd fy mab Alexander ... Alex ... Al ... yn Affganistan. Roedd o yn y fyddin. Ac ers hynny dwi. A mi benderfynais. Ac felly dwi. Yma. Felly.'

A rhoddodd y gorau i siarad.

Edrychodd y ddau arni a hithau arnynt hwy.

Gwyrodd yr Athro ei ben y mymryn lleiaf i'w chyfeiriad.

'They are all gone into the world of light,' dyfynnodd yn dawel.

Daeth ar yr un pryd i gylla Bet ddau deimlad. Mynnai'r naill deimlad ddweud wrth yr hulpyn hwn o'i blaen am stwffio'i gerdd i fyny ei ben ôl. Ond fel meiriol daeth y llall: y boddhad hudol a deimlai'n tasgu o dôn ei lais. Yr oedd fel bod yn ei ddosbarth eto.

Dychwelodd y tawelwch. A'r cydedrych.

Cododd yr Athro gloch fechan oddi ar bentwr o lyfrau ar fwrdd wrth ei ymyl a'i hysgwyd. Yr oedd ei sŵn rhywsut fel parhad o'i lais. Agorwyd drws a daeth gwraig fechan, oedrannus i'r golwg.

'Dyma'r Chwaer Edwards,' meddai'r Athro.

'Ddrwg gin i?' ebe Bet. ''Ch ... chwaer?'

'Na. Y Chwaer Edwards. Mi gymerwn ni gwpanaid o de, Chwaer Edwards, os gwelwch chi'n dda.'

A'r Chwaer Edwards ar droi i fynd yn ôl i be debygai Bet oedd y gegin, meddai Norah:

'Hwyrach fod yn well gan Doctor Elizabeth goffi?'

'Wrth gwrs,' ebe'r Athro'n edrych ar Bet.

'Na, mi fydd te'n ...'

Aeth y Chwaer Edwards yn ei blaen i'r gegin a chau'r drws ar ei hôl.

Huddwyd y tri gan y distawrwydd. Cofiodd Bet am y bocs a gafodd gan Sioned Watkins. Yr oedd wedi ei osod wrth ei thraed. Oedd hi? Cyffyrddodd ag ef â blaen ei hesgid i wneud yn saff. Edrychodd yr Athro arni'n gwneud. Gwenodd ef. Gwenodd hithau. Teimlai fel dweud rhywbeth. Ond dweud beth, ni wyddai. Yr oedd ynddi y tinc lleiaf, o hirbell, o led-ofn, sylweddolodd. Cyplysodd hynny rhywsut ag amrannau aflonydd Norah. Yr oedd hynny'n annheg, meddyliodd. Pe medrai, ond ni fedrai, fe gipiai ei bocs a'i bag a rhedeg am allan.

Agorwyd y drws drachefn. Drwyddo daeth hen ŵr yn cario hambwrdd – yn ei gario â rhyw ddihewyd, teimlai Bet – a hwnnw'n sgleinio, ac arno debot, llefrith, siwgwr, bisgedi, cwpanau. Yr oedd sglein o'r tebot ar y nenfwd yn dilyn taith y cario.

'Dyma'r Brawd Gethin,' ebe'r Athro.

Nodiodd y Brawd Gethin ei ben i gyfeiriad Bet. Cydnabu hithau ef â'r un ystum.

'Mae'r Brawd Elwyn a'r Chwaer Constans a'r Brawd Ifor a'r Chwaer Prwdens ar berwyl heddiw. Maen nhw'n Cyhoeddi. Ond mi ddaw cyfle buan i chi gael eu cyfarfod nhw. Rydan ni i gyd wedi encilio o'r Ffalster.'

'O,' ebe Bet.

'Dysgu ydach chi, Elizabeth?' holodd yr Athro wrth arllwys y te a hithau'n edrych ar Norah'n teimlo â blaenau ei bysedd ar hyd yr hambwrdd hyd nes y cafodd hyd i'r plât bisgedi, ei godi a'i gynnig i Bet. Gwyrodd hithau ymlaen a chymryd un. Meddai:

'Galwch fi'n Bet.'

'O! na,' meddai'r Athro, 'wneuthum i erioed adnabod "Bet". Elizabeth a adwaenwn i.'

'Ia,' ebe Bet, 'dysgu. Yn yr Adran Athroniaeth ym Mhrifysgol Southampton.'

'Athroniaeth!' meddai'r Athro. 'Dyna i chi wastraff o'n hamser a'n hegni ni'n dau. Wyddoch chi, Elizabeth, be yr ydw i yn ei wneud bellach?'

Nid oedd geiriau ar y foment hon yn cynnig eu hunain i Bet. Ysgydwodd ei phen.

'Dwi'n treulio'r dyddiau yn cywiro camgymeriadau sylfaenol yn yr Efengylau,' meddai yn rhoi cwpanaid i'w ferch.

'Job a hannar, hynny,' ebe Bet ond sobrodd. 'Ydach chi?' meddai yn codi ei chwpan hanner ffordd i'w cheg.

'Ydach chi am wybod pa gamgymeriad sydd wedi mynd â fy mryd i yn ddiweddar?'

'Ydw,' ebe hi'n ceisio'i gorau glas i ffugio chwilfrydedd.

'Y lleidr ar y groes!' meddai ef.

'Tewch,' ebe hithau.

'Chi'n gweld, Elizabeth,' meddai, 'mi rydan ni wedi bod yn clodfori y lleidr anghywir.'

'Ydan ni?' ebe hi yn sipian ei the.

'O! ydan,' meddai. 'Nid wrth y lleidr a edifarhaodd y dywedodd Iesu y byddai gydag ef ym mharadwys.'

'Naci?' ebe Bet yn brathu i fisged a'r briwsion yn chwalu o'i cheg.

Yr oedd ei meddwl yn ceisio cysoni pethau. Ai hwn – clywodd ef yn dweud yn y llais hudol a glywodd gynnau, a hithau'n fyfyrwraig flwyddyn gyntaf – a ddywedodd: 'Y rhith mwyaf ydy crefydd. Dyn a gonsuriodd y duwiau o angenrheidiau ei fywyd yn ffwrnais ei ddychymyg', a'r rhyddhad mewnol a deimlodd hithau pan glywodd rywun arall, rhywun ag awdurdod yn perthyn iddo, yn mynegi yr hyn yr oedd hi wedi ei gyrraedd yn guddiedig eisoes ond nad oedd y pryd hynny'n ddigon hyderus i fedru ymddiried yn ei barn ei hun – ai hwn oedd ei hathro gynt, a beth barodd i'w grebwyll eglur a chwim droi i ffwndro ymysg caddug adnodau a rhoi blaenoriaeth i obsgwrantiaeth?

'Chi'n gweld, Elizabeth,' meddai yn gyffro drwyddo, cyffro a oedd rhywsut yn peri i'w ieuenctid ddychwelyd i'w lygaid yn ei wyneb hen, 'wrth y llall y dywedodd hynny. Wrth yr un na fu iddo edifarhau. Hwnnw fyddai gydag ef ym mharadwys.'

A chododd ei ddwylo i'r entrychion.

'Dwi'n gweld,' ebe Bet.

'*Ydach* chi?' holodd Norah.

Gwthiodd Bet y darn arall o fisged i'w cheg.

'Oherwydd iddo fo wrthod edifarhau,' meddai'r Athro a'i ddwylo'n disgyn yn araf, 'ac felly gymryd cyfrifoldeb llawn am ei holl fywyd. Nid fel y llall. Cachgi oedd hwnnw. Yn ofni dynesu at ei dranc, mae'n debyg, fel ni i gyd, ac yn bachu ar ryw gyfle ceiniog a dimai am ddihangfa geiniog a dimai. Mi oedd ei edifeirwch di-asgwrn-cefn o yn waeth hyd yn oed na'i fywyd o. Tra dewisodd y lleidr arall, er dued, efallai, ei holl fywyd blaenorol, aros mewn lle gonest. A dilys. Mi arhosodd o tu mewn i wirionedd ei fywyd heb geisio dihangfa slic a sydyn. Hynny welodd Iesu, Magister yr Holl Wirionedd, ac felly ei wahodd o i baradwys. Am iddo fo aros yn driw i bwy oedd o gan wrthod gwyrdroi hynny i'w fantais ei hun. Mi rydan ni wedi bod yn canmol y lleidr anghywir oherwydd fod hynny'n plesio ein rhagrith a'n llwfrdra moesol ni ein hunain.'

'O,' ebe Bet yn dyfalu erbyn hyn beth oedd orau iddi ei wneud: rhoi'r gwpan i lawr neu yfed mwy o de?

Ond yr oedd rhywbeth arall yn ei phigo: ni allai beidio â theimlo o hyd, fel y teimlodd yn ei dyddiau cynnar, awdurdod yr Athro. Ond nad yw awdurdod yn malio dim os yw'n cydio ei hun wrth ffwlbri neu synnwyr cyn belled ag y caiff ei ffordd ei hun. Yr oedd Bet wedi amau sail a sylwedd awdurdod erioed a'r dyn o'i blaen drwy ei ddarlithoedd oedd yn bennaf gyfrifol am blannu had yr amheuaeth honno ynddi ...

'Mae camgymeriad arall ond mwy, dybiaf fi ...' cychwynnodd yr Athro pan agorwyd y drws a daeth y Chwaer Edwards i mewn i hel y llestri budron. A medrodd Bet roi ei chwpan i lawr. Gwelodd ei chyfle.

'Mae'n rhaid i mi fynd,' meddai a chododd ei bag a'i bocs yn flêr o'r llawr a sefyll. 'Dwi wedi addo ...'

'Wrth gwrs,' ebe'r Athro yn codi. Norah hefyd. Y Chwaer Edwards yn ei hunfan yn dal yr hambwrdd. 'Mi 'raf â chi at y drws, Elizabeth.'

Dynesodd Norah tuag ati. Rhoddodd ei llaw ar fron Bet.

'Mae'ch poen chi'n fawr,' meddai.

Gwenodd Bet wên gwta arni. Llygaid anfoddog Norah bellach yn codi cyfog arni.

'Mae eich gweld chi eto wedi bod yn arbennig,' ebe'r Athro wrthi ger y drws ffrynt agored, ei law yn cwpanu ei phenelin. 'Dwi am i chi ddychwelyd. Mae yna bethau eraill fel y cychwynnais i ei ddweud. Mi ddowch, yn dowch, y Chwaer Elizabeth?'

Edrychodd Bet arno heb fedru dweud dim. Ond teimlo

rhyw awydd pell ynddi ei hun, naill ai i afael amdano'n dynn, dynn neu i roddi peltan iddo ar draws ei wyneb.

'Mae'r hyn sydd wedi dod i fy rhan i yr un mor ddychrynllyd i mi ag yr ydy o i chi. Mi welaf y dychryn yn eich wyneb chi. Ond dychryn angenrheidiol oedd o.'

Eto ni allodd Bet ddweud dim.

'Dowch pan fyddwn ni i gyd hefo'n gilydd. Nos drennydd.'

Rhwbiodd Bet ei llaw yn ysgafn ar hyd ei fraich. Ei hathro oedd hwn un tro. Un waith.

Wrth gamu o ris i ris am i lawr cofiodd fel y byddai ei modryb yn tynnu'n ysgafn ar ei chlust pan oedd hi'n cogio bach bod yn standard lamp, y siêd am ei phen, y ffrils yn goglais blaen ei thrwyn, a dweud: 'Mae'n well i mi ddiffodd y gola, dwi'n meddwl.'

* * *

Wedi i Mei Ling a Quentin ollwng Tjeryl ar ôl y distribiwshyn ryn i'w galluogi i fynd i'w gwaith ac i Mei ddychwelyd y fan i gefn y Bamboo House, aeth Quentin i'r Archers' Rest i nôl ei feic er mwyn beicio i'r bryniau.

Meddyliodd nad oedd ei dad adref ond clywodd sŵn rywle yn y llofftydd. Aeth i fyny'r grisiau'n dawel bach. Clustfeiniodd. Clywodd ei dad yn beichio crio yn ei lofft. Nid oedd hyn yn ddigwyddiad anarferol.

Yn ei lofft ei hun – llofft y byddai'r ystrydeb 'fel pìn mewn papur' yn ei disgrifio i'r dim – tynnodd amdano. Edrychodd arno ei hun yn noethlymun yn y drych. 'The Warrior, Barry!' meddai gan wneud yr ystum a chwerthin. Agorodd ei wardrob. Dewisodd bâr glân o jîns a dillad isa. Oedd hi'n ddigon cynnes i grys-T? Edrychodd drwy'r ffenestr. Oedd. Byddai'n chwysu ar gefn ei feic, beth bynnag. Gwisgodd y dillad.

Eisteddodd ar y stôl o flaen y drych coluro. Dewisodd finlliw. *Bold Plum*. Fel yr oedd yn gosod y minlliw ar ei wefusau clywodd ei dad o'r tu allan i'r drws yn holi:

'Are you in there?'

'Yes,' atebodd.

'Are you all right?'

'Yes,' atebodd eto.

Gwyddai fod ei dad yn oedi y tu allan i'r drws.

'I love you,' ebe ei dad.

Nis atebodd ef.

Agorodd y drôr lle cadwai ei wigs. Dewisodd ddau o blith y rhai duon: un a'r gwallt yn gwta, un a'r gwallt yn llawer hirach. Penderfynodd ar yr un gwallt cwta. Rhoddodd y llall yn ôl yn ofalus. Gwisgodd y wig. Clywodd ei dad yn symud o'r drws.

Rhoddodd ei lyfr ysgrifennu a phensil yn ei fag. Gwisgodd y bag ar draws ei frest. Gwisgodd gap bychan. Twtiodd y cap yn y drych.

Aeth i gyrchu ei feic.

* * *

Teimlai Bet mai wedi cael ei chwythu i'r dafarn yr ydoedd. Yma roedd hi o flaen y bar. Nid oedd ganddi gof dod yma. Y cwbl a gofiai oedd ysfa yn chwalu drosti ar y palmant wedi iddi ffarwelio â'i chyn-athro am bishyn o dost. Cysur od tost.

'Dee! Bar!' clywodd.

A daeth Bet ati ei hun gan lawn amgyffred ei bod mewn tafarn. Dyn wrth y bar yn edrych arni. Pedwar neu bum

 rownd bwrdd yn y gornel bellaf, dywyll yn sgwrsio'n ddwys, ddistaw. Gŵr a gwraig, ymwelwyr yn ddiau, yn dyfod i mewn drwy ddrws y dafarn groesawgar ei hawyrgylch, teimlai Bet, a moethus ei dodrefniad. 'Nice! Here then?' clywodd y gŵr yn ei ddweud. Cofiodd yn sydyn am ei bag a'i bocs. Fe'u gwelodd ar y bwrdd wrth ymyl y bobl yn y gongl. Mae'n rhaid ...

'Ma 'na cystymyr 'n disgwl amdanat ti, Dee,' clywodd y dyn wrth y bar yn ei weiddi gan dorri ar draws ei meddyliau. Nodiodd ei ben arni. Daeth Dee o'r cefn. Edrychodd Bet arni.

'Cheryl?' mentrodd Bet.

'Sori?' ebe Dee gan droi rhag ofn fod rhywun arall y tu ôl iddi.

Craffodd Bet. Yr oedd popeth amdani heblaw am ei gwallt, gwallt hir a du, yn ei gwneud bron yr un ffunud â Tjeryl. Ei llais hyd yn oed.

''Dach chi'n ocê?' holodd Dee.

Daeth i feddwl Bet y byddai dilyn Tjeryl am ddiwrnod fel darllen ar goedd stori Taliesin.

'Meddwl mai rhywun arall oeddach chi,' meddai Bet.

'Lot o bobl yn meddwl hynny,' ebe Dee. 'Dwi'n cal 'y ngalw'n bob enw. Sym of ddem not so nais, de.'

Roedd blys ar Bet fyseddu ei gwallt. Ond ni feiddiodd.

'Wat wul iw haf?' ebe Dee.

'O!' meddai Bet yn syfrdan oherwydd ni wyddai.

Cododd Dee ei dwylo i ddangos yr holl far.

'Tost,' ebe Bet.

'Tjis on, de. 'Dan ni'm yn gneud tost on uts own. Tost on uts own lowyrs ddy tôn, wuddowt symthing on ut. Cympyni polisi. Ai no! Ai no!' meddai Dee.

'Hynny. A ...' ond nid oedd enw'r un ddiod yn ei gynnig ei hun iddi.

'Enithing an efrithing byt wotyr ffrom ddy tap dŵr yn fama. Cympyni polisi,' meddai Dee gan ailgyflwyno'r holl far â'i dwylo agored iddi.

'Sudd afal,' ebe Bet.

'Apyl jiws,' meddai Dee.

'Dyna ddudas i,' ebe Bet.

'Naci, sudd afal ddudoch chi,' meddai Dee yn wincio arni.

'Cheryl?' mentrodd Bet eto.

Plygodd Dee o dan y bar ac ailymddangos yn ysgwyd potel o sudd afal.

'Ewch i ista. Bring efrithing ofyr, de.'

Wedi eistedd edrychodd Bet ar y bocs a rhoddodd ei llaw ar y caead. A hithau ar fin codi'r caead meddyliodd iddi glywed rhywbeth am ladd yn dyfod o sgwrs y pump o amgylch y bwrdd yn y gornel wrth ei hymyl. Gwyrodd rywfaint bach i'r chwith i wrando ar yr hyn oedd ychydig yn uwch na sibrwd.

'Gwrandwch chi, hogia,' clywodd yr islais, 'ma hi'n lefnth owyr. Os na 'nân ni rwbath mawr rŵan – a dwi'n meddwl rwbath mawr – ma hi'n ffini-hadi. Y drwg sy 'di bod ydy fod petha 'di bod yn nulo pasiffusts a munustys of rilijyn a dyna pam ydan ni lle ydan ni a'r IRA mewn gyfyment. A petha iwnifyrsitis, 'u penna nw fyny 'u tina nw, sy'n gneud dim ond sbitjis a ffycin llyfra. Hasbins ydy'r petha Blaid, ocê? Ma nw 'di cal be gân nhw. Ffwl stop. Fydd 'na ddim brecthrw fel ma nw'n gaddo bob lecsiwn. Marc mai wyds. 'Dan ni isio wyrcing clas mwfment fydd 'im otj gynno fo be neith o er mwyn yr objectuf. Dallt be dwi'n drio ddeud? Dallt y drufft?'

A gwnaeth un o'r lleill sŵn bom yn ffrwydro.

'Hei!' meddai'r un a fu'n brygowthan, ei gorun a dim arall yn mynd a dod o'r goleuni i'r tywyllwch ar yn ail; gweddill ei wyneb o'r golwg. 'Cau hi'r twpsyn.' Ond daeth un llygad loyw i'r amlwg.

Trodd un o'r bechgyn yn sydyn a gwelodd Bet, Jones y tacsi yn edrych arni.

Trodd hithau ei phen yr un mor sydyn, cythru am y bocs a'i agor.

'Tjis on tost a apyl jiws,' meddai llais wrth ei hymyl.

Edrychodd mewn penbleth ar hogyn ifanc o'i blaen.

'O. Ia. Diolch,' meddai wrtho.

Gosododd ef y bwyd ar y bwrdd.

'Dee?' holodd Bet.

'Ecsactli! Fela ma hi, chi. Ond be newch chi, de?'

Ac ysgydwodd Bet ei phen mewn cydymdeimlad yn union fel petai hi wedi deall i'r dim ac yn cytuno'n llwyr.

Cododd dafell o dost, edafedd o gaws coch tawdd yn codi tamaid arall ar ei ôl, a sylwodd Bet fod y bocs yn wag. Neu, efallai yn well, nad dim byd oedd yna ond siâp rhywbeth nad oedd yna. Siâp lle bu cwpan? Â'i bys olrheiniodd Bet ar hyd y melfed tywyll amlinell yr hyn oedd yn absennol.

Symudodd ewin 'nôl a blaen yn y pantiau. Yr oedd hi'n berchen ôl.

Nid oedd cof ganddi o gwbl weld y bocs hwn erioed o'r blaen heb sôn am ei gynnwys coll. Nid oedd ei modryb yn ddynes addurniadau. 'Hen betha i hel llwch' oedd ei sylw pan gafodd ffrind iddi ornament yn anrheg ar adeg ei hymddeoliad, a hithau yr wythnos cynt ar ei hymddeoliad hithau wedi cael ('be gest ti?') dim byd ond 'thanciw oer'.

Ai ffordd ei modryb oedd hyn o ddweud wrthi: 'Fe ddewisaist ti absenoli dy hun o 'mywyd i, felly dyma i ti'r absenoldeb yn ôl mewn bocs, yr hen gnawas fach.'

Wrth gyflwyno gwacter iddi gwyddai ei modryb y byddai'n rhaid iddi hi, Bet, ei lenwi, ymresymai ei nith.

Ei lenwi ag euogrwydd. ('Tydach chi ddim byd i mi, Anti Catrin, i chi gael dallt, ond ail ffidil.')

Ei lenwi â chywilydd. ('Biti'n de, Anti Catrin, i'r chwaer rong ladd 'i hun.')

Ei lenwi ag edifeirwch. ('W't ti'n meddwl, Bet, y medri di withia ddeud rwbath ffeind wrtha i?')

Ond a oedd ei modryb mor 'glyfar' â hynny i feddwl am y ffasiwn 'ystryw'? A theimlodd yn syth bìn edifeirwch arall am holi'r fath gwestiwn nawddoglyd. ('Paid ag edrach i lawr dy drwyn ar bobl, Bet, ma pawb yn trio'u gora.')

O! Anti Catrin, mae'r gwacter yn dechra gweithio'n barod, dirnadodd Bet.

Ond hwyrach nad dichell sydd yma wedi'r cyfan, ac mai gwir ystyr y gwacter ydy gadael i mi wybod o'r tu hwnt i'w marwolaeth unig nad ydy hi'n dal dig tuag ata i. Ei bod hi wedi anghofio'r bryntni. Mai gwacter maddeuant ydy hwn nad ydy o'n cario dim, oherwydd dwylo gwaglaw sydd gan faddeuant. Dyna ydach chi'n ceisio'i ddeud wrtha i, Anti Catrin? Yn ei ddweud, cywirodd ei meddyliau, oherwydd fod 'ceisio' yn iselhau didwylledd ei modryb ... eto. Mai rhodd i'w rhyddhau oedd y gwacter fel y medrai gael asgre lân o'r diwedd?

Ond efallai nad y gwacter oedd y peth ond yr hyn a fu yn y

gwacter ar un adeg. Nid y siâp, wedi'r cyfan, ond y cynnwys coll. Y gwpan. Pa fath o gwpan? Cwpan ar gyfer beth? A oedd hi i fod i chwilio am gwpan yn rhywle, a fyddai'n ffitio'r siâp i'r dim? A phetai hynny'n digwydd a hithau'n dod o hyd i gwpan, sut gwyddai hi mai hon oedd y gwpan? Ac o'i darganfod ... beth wedyn? Ac ar gyfer pwy oedd y gwpan? Pwy, meddai wrthi ei hun, sy'n llithro i obsgwrantiaeth rŵan?

A daeth iddi sylweddoliad llawer cywirach, tybiai: ffordd hen wraig sur oedd hyn i ddangos iddi, merch ei chwaer, mai rhywun diwerth ydoedd hi, Bet, yn ei golwg. 'Mi ddangosa i i ti ryw ddwrnod, 'y ngenath i!' clywodd hi eto'n dweud mewn atgyfodiad o eiriau hen. Hyn oedd y 'dangos' hwnnw felly: bocs gwag. Ffordd o ddeud: 'Ti'n neb. Ac at y neb wyt ti dyma ti ddim.' Ia?

Cododd Bet ei golygon ac yno o'i blaen yn ddiarwybod iddi eisteddai Jones yn edrych arni ac yn dal ei diod yn ei law. Llewciodd ei diod. Cynigiodd y gwydr gwag iddi. Cymerodd hithau ef fel petai ganddi 'run dewis arall.

Gwenodd arni. Cododd. Gadawodd.

Edrychodd hithau i'r gornel. Yr oedd y lleill wedi gadael hefyd.

Edrychodd ar y bocs drachefn.

Teimlodd eto'r gwacter melfedaidd, meddal â blaenau ei bysedd.

Daeth iddi syniad.

*　*　*

Y ma y mor fel pensel glas lawr yn fan'cw
Dwi yn codi fo
a sgweni

The sea's a blue pencil down there
I write with it
Words that are salty
Words that slip
as if they were watery

Darllenodd Quentin yr hyn yr oedd o wedi ei ysgrifennu. Ni allai gofio'r gair Cymraeg am 'salty'. Cerdd arall i'w fam.

Cododd o'i eistedd ymhlith y cerrig chwâl a'r rhedyn tu mewn i'r murddun. Gwelodd drwy dwll y ffenestr y pensil o fôr glas yn y gwaelodion.

'Is this ours?' clywodd ei hun yn blentyn yn holi. Ef yn llaw ei fam, ill dau yn sefyll yn y tu mewn gwag rhwng y muriau yn edrych drwy'r gwagle lle bu'r to ar yr wybren berffaith las; glas plentyndod. Ei dad y tu allan fel rhyw gacynen yn cylchynu'n ddi-baid yr adfail ac yn ymddangos o bryd i bryd mewn twll ffenestr a ffrâm drws gan ddweud: 'Possibilities! Could be! Could be! Possibilities!' Yntau'n clywed ei fam yn ynganu dan ei gwynt: 'Madness all this.' A gollwng ei gafael ar ei law. Hyd yn oed y funud hon fe deimlai y gollwng gafael hwnnw. Mewn llai nag wythnos yr oedd ei fam wedi mynd. 'Where?' holodd. 'Gone,' atebodd ei dad. Am hydion meddyliodd fod lle yn rhywle o'r enw Gone.

Mentrodd yn ôl yma yn ei arddegau. Fel petai wedi teimlo rhyw wahoddiad. Yn y dychweliadau dirnadodd ymhlith y muriau briw a phensiliau'r brwyn rywbeth a ymdebygai i bresenoldeb. Yn y man magodd y presenoldeb hwnnw siâp geiriau. Geiriau y byddai ef yn eu copïo i lyfr. I lyfrau. Edrychent fel cerddi. Nid oedd wedi eu dangos i neb erioed.

Clywodd glep drws car. Gwthiodd ei hun yn erbyn y wal a llithro ei gefn hyd y pared nes cyrraedd twll y ffenestr. Sbeciodd. Yno, ei gorff yn pwyso'n erbyn y car, yn edrych i gyfeiriad y murddun yr oedd y dyn tacsi hwnnw a oedd wedi ei fygwth y noson o'r blaen pan ganfu'r wraig y daeth i'w hadnabod fel Elizabeth, ac yn well fel Bet, yn tresmasu yma yn ei fangre bersonol ef. Pan ddywedodd wrth Tjeryl am yr helynt rhybuddiodd ef i gadw rhag 'Jones', fel y'i galwodd ef.

Gwyrodd am i lawr, a bron ar ei bedwar, sleifiodd allan drwy'r hyn a fu unwaith yn ddrws cefn. Llamodd dros ben wal ac ar draws cae at yr adwy lle'r arferai gadw ei feic. Jones drwy'r adeg yn edrych arno'n mynd; os gwelodd o'n mynd o gwbl, na gweld unrhyw beth arall ychwaith, oherwydd fod morthwyl cynddaredd diwrthrych ynddo yn curo cynion ei deimladau yn erbyn caledwch ei ymennydd gan anfon tonnau'r cnocio drwy ei holl gorff nes peri i'w ên dynhau, i'w ysgwyddau godi, i'w anadlu gyflymu ac i'w ddwylo gau yn ddyrnau eirias. Petai rhywun wedi bod mor ffôl â gofyn iddo faint o'r gloch oedd hi, byddai'n gelain wrth ei draed heb i Jones fod yn ymwybodol iddo weithredu o gwbl.

* * *

Wrth i Bet agor drws y Siop Las canodd cloch. Fferrodd hithau, ei llaw ar handlan y drws, un droed i mewn yn y siop a'r llall allan oherwydd yr oedd bron yn sicr na chanodd cloch pan ymwelodd yn gynharach. O'r poster ar y drws yn edrych arni gwelodd eto wyneb y dyn ar y trên yn hysbysebu ei sgwrs heno. Cofiodd iddi ... 'Mi gewch lond trol o gelwydd os 'dach chi'n bwriadu mynd i wrando arno fo,' meddai llais o'r siop. Edrychodd hithau i grombil y siop ond ni allodd weld neb. Camodd i mewn a chau'r drws ar ei hôl. 'Fan hyn, Bet Huws,' meddai'r llais drachefn.

'Be? ... Lle 'dach chi? ... Pidiwch â 'nychryn i, wir,' ebe hithau'n edrych o'i chwmpas. Ymhen ysbaid ymddangosodd y perchennog o'r tu ôl i arfwisg.

'Dwi'n iawn, tydw?' meddai ef. 'Bet Huws, yn de?'

'Wel ia, ond ...'

'Dowch i fama,' meddai a'i harwain at y cownter. Dangosodd iddi lun. A'i fys yn taro pob llythyren aur darllenodd y ddau'n ddistaw y geiriau: *Pen Isaf Primary School, 1964.*

'Chi,' meddai'n dangos hogan fach iddi. 'Finna,' a blaen ei fys yn dobio'n galed ben hogyn bach ar ben y rhes fel y bu bron i Bet weiddi, 'AW!'

Edrychodd Bet o'r llun i wyneb y dyn ac yn ôl i'r llun. Gwên fawr ar ei hwyneb; y math o wên sy'n rhoi gwybod i'r sawl sydd o'ch blaen chi nad oes gennych y syniad lleiaf pwy ydynt. Dyheai i'w hymennydd ryddhau enw iddi.

'Jorj!' meddai'r dyn yn ddisgwylgar.

'Geo ...' cychwynnodd hithau ei ddweud.

'Dim ots,' ebe ef yn gwthio'r llun i un ochr, 'mi ddaethoch yn ôl.'

'I Gymru, do,' meddai hi.

'Naci, i'r siop. Mi fuoch yma gynna os dwi'n cofio'n iawn.'

'Hwn,' meddai yn codi'r caead o'r bocs gan ddangos y tu mewn gwag iddo. 'Sgynnoch chi unrhyw syniad?'

Edrychodd Jorj arni. Cymerodd y bocs oddi wrthi a'i droi wyneb i waered a'i godi am i fyny gan wyro ei ben i edrych i mewn iddo. Gwyrodd Bet hithau ei phen i edrych fel yntau.

'Syniad am be?' meddai'n troi ati, y ddau ohonynt yn parhau i fod o dan y bocs oedd o hyd yn uchel i fyny yn ei law.

Nid oedd gan Bet ateb. Cododd ei hysgwyddau. Cododd Jorj ei aeliau.

'Lle ...'

''Y modryb adawodd o i mi.'

'Miss Evans ...'

'Ia,' ebe Bet yn syth bìn rhag ofn iddo ...

'Dowch,' meddai yr un mor chwim, a lediodd hi at fwrdd yn llawn o wydrau a llestri eraill. 'Mi fydd un o'r rhein bownd o ffitio, gewch chi weld.'

Cododd yntau wydr a'i roi yn y twll ond yr oedd yn rhy fach.

''Ma chi,' meddai yn rhoi'r bocs yn ôl iddi. 'Trïwch chi.'

'Na hidiwch,' ebe Bet yn cymryd y bocs yn ôl, 'oherwydd dwi ddim yn meddwl mai hyn ydy'r eidîa wedi'r cwbl. Ddrwg gin i ...'

'Dim ots fel dudas i. Doedd dim disgwl i chi ...'

'Mi roedd 'na lyfr ...' a cherddodd Bet at y llyfrau.

Chwiliodd yn eu plith.

'Mi roedd o yma gynna,' meddai, 'un o lyfrau'r dyn 'na ...' a phwyntiodd at y poster ar y drws.

'Rhydderch!' ebe Jorj. 'Ma raid 'mod i wedi'i werthu o ...'

'Wel siawns na fasach chi'n cofio ...' ac ataliodd Bet ei geiriau. 'Ddrwg gin i wneud trafferth am ddim byd.'

Nodiodd yntau ei ben a sylwodd Bet ar ei gorun. Na, meddai wrthi ei hun, go brin. Nid fo.

Ar y ffordd allan gwelodd focs o filwyr tegan blith draphlith ar bennau ei gilydd. Eu paent yn plicio. Eu bidogau'n gwthio i'w gilydd.

Wedi iddi fynd edrychodd Jorj ar y llun ysgol. Rhwbiodd ei fys i fyny ac i lawr ei chorff du a gwyn. Yn garuaidd, fe ellid tybio. 'Dwn i'm pwy uffar oddat ti'n 'i feddwl oeddat ti hyd yn oed bryd hynny,' meddai'n uchel. A lluchiodd y llun i'r fasged sbwriel. Cydiodd eilchwyl yn *Do, Mi, Re* a pharhau â'i ddarllen. Yr oedd o wedi bod yn cloffi rhwng dau feddwl ai mynd ai peidio heno. Gwelodd gornel y llun yn piciad o'r fasged. Mynd, penderfynodd. Hefyd, yr oedd Rhydderch wedi bod yn cyboli flynyddoedd yn ôl hefo perthynas iddo; gwraig o'r enw Rhiannon Owen.

Yn y cei gwelodd Bet haid o biod y môr yn troi a throsi yn y goleuni wrth hedfan; i'r golau ac o'r golau; yn gwynnu ac yn duo ar yn ail fel petaent yn fwrdd gwyddbwyll yn symud drwy'r aer.

Gwelodd don yn chwalu ar gorun craig a'i phenwynnu mewn eiliad o heneiddio, a'r eiliad nesaf ddau neu dri o gudynnau tenau o'r dŵr gwyn yn flêr yma ac acw ar ei thalcen fel petai'r heneiddio wedi digwydd yn llwyr.

Yr oedd y môr yn lliwiau cleisiau i gyd ar ôl cael ei ddyrnu gan y gwynt.

Môr yw'r meddwl, dirnadodd. Y rhan helaethaf ohono o'r golwg yn ddyfnder anghyffwrdd, du.

Hithau'n edrych ac edrych gan ddyheu am oleufynag.

Pan ddaeth yn ôl i mewn i dŷ ei modryb yn ddiffygiol braidd, yr oedd Mei Ling yn dyfod i lawr y grisiau. Ymddangosodd Tjeryl ar ben y landin yn cau botymau ei blows. Cyfarchodd Bet Mei Ling ond heibio iddi yr aeth heb ddweud dim ac am allan.

'Dio ddim yn deud fawr, nacdi?' meddai Bet wrth Tjeryl.

'Pobl fela 'dan ni isio, de,' atebodd Tjeryl, 'pipyl hw dôn sei mytj.'

Pendronodd Bet ynghylch ei hateb a chanfu ei bod yn llwyr gytuno â hi.

'Tjeryl ...' dechreuodd Bet ei holi ... ond canfu nad oedd hi yno erbyn hyn.

'Fydda i byth yn buta bybl gym,' meddai wrth George Smith ar iard yr ysgol gan roi un cam yn ôl oherwydd yr ogla stêl a godai o'i ddillad ac yntau'n rhoi ei fag o fferins yn ôl yn ei boced a gwyro ei ben. Gwyddai fod yr hogyn tlawd hwn – yng ngair y cyfnod – yn ei *ffansïo*.

''Dach chi'n clŵad be dwi'n ddeud?' meddai Tjeryl yn noethlymun o ben y landin.

'Rwbath am bybl gym,' ebe Bet yn edrych drwyddi.

'War af iw bin on!' meddai Tjeryl.

'Ar iard yr ysgol,' ebe Bet a sŵn traed plentyn o'r tu ôl iddi yn rhedeg i ddieithrwch y blynyddoedd llonydd.

'Deud fod Mam 'di gweld chi.'

'Sut gwelodd hi fi?'

A theimlodd Bet ofn. Ofn nad oedd iddo ffynhonnell na gwrthrych pendant. Ond ofn fel cyflwr. Fod y pethau a oedd wedi ei chadw'n lled ddiogel erioed ac wrth ei gilydd wedi datod gan adael ar ôl yr ofn mud hwn oedd yn cordeddu a throelli o'i chwmpas fel niwl. A hwnnw'n niwl llawn llygadau.

'Dudwch! Sut gwelodd hi fi?'

'Jisys Craist,' meddai Tjeryl, 's'im isio gweiddi. Mond Mam odd hi! Solusutyrs. Odd hi yno'n nôl 'i weijis. Hi 'di'r clinyr yna. A oddach chi on ddy we awt.'

'Wel pam na fasa hi wedi deud rwbath?'

'Dudnt laic tw.'

Nag oedd, mwn, bu bron i Bet ei ddweud.

'Wyddoch chi rwbath am hwn?' a ddywedodd yn hytrach, a dangos y bocs iddi.

''Dach chi'n aciwsio fi o rwbath?' ebe Tjeryl yn dyfod i lawr y grisiau.

'Na, na,' meddai Bet yn cymryd cam am yn ôl. 'Isio gwbod be ydy o ydw i.'

Cipiodd Tjeryl y bocs oddi wrthi a'i agor.

Canfu Bet ei hun yn cynnig cyfiawnhad; ei geiriau'n debycach i gyffes nag i esboniad:

'Y solusutyr. Hi roddodd o i mi. Anti Catrin wedi ei adael o i mi.'

Edrychodd Tjeryl arni.

'Teicing ddy pùs, ia? Ddy wyld us ffwl of pipyl teicing ddy pùs.'

A'r bocs yn un llaw a'r caead yn y llall, gosododd Tjeryl ei dwy law ar ysgwyddau Bet.

''Dach chi'n licio fi?' meddai.

Teimlodd Bet rywbeth yr oedd hi wedi ei deimlo o'r blaen yng nghwmni ambell i wraig, ran amlaf ieuengach na hi ei hun, ond nad oedd erioed wedi meiddio dilyn ei drywydd.

Gwyrodd Tjeryl a rhoi cusan ar ei thalcen.

Rhoddodd y caead yn ôl ar y bocs a'i roi i Bet.

'Bocs,' meddai'n feddal wrth Bet; prin yn ynganu'r gair ond bod siâp y llythrennau yn ystumio ei gwefusau i agor a chau yn y modd mwyaf hudolus a welodd hi erioed.

Dringodd y grisiau'n ôl; Bet yn edrych arni bob cam o'r ffordd.

''Dach chi am ddŵad hefo ni heno i'r miting?' holodd wrth gerdded am i fyny.

'Meeting?' ebe Bet.

'UKIP, de. Syportio. Ma isio, does.'

'Byth bythoedd,' meddai Bet yn dyfod ati ei hun ac yn canfod o'r diwedd safbwynt a roddodd iddi yn y fan a'r lle sadrwydd moesol. 'Fyddwn i ddim ... Beth bynnag, dwi 'di penderfynu mynd i gyfarfod yn y llyfrgell.'

'Iwl mus ol ddy ffyn inclwding Mam, gnewch,' ebe Tjeryl.

* * *

Penderfynodd Tom Rhydderch y byddai'n ben set arno'n cyrraedd y cyfarfod. Roedd rhywbeth am gerdded i mewn ar ben yr awr gan wybod y byddai pobl yn troi i'w weld. Byddai cyrraedd yn gynharach ac o flaen pawb yn rhoi'r argraff mai ef oedd yn disgwyl am y gynulleidfa ac nid dyna oedd y drefn yn hierarchaeth ei feddwl ohono'i hun.

Penderfynodd Bet y byddai'n aros tan y funud olaf cyn mynd i mewn i'r llyfrgell. Ni allai feddwl am ddim byd gwaeth na sefyll ar ganol y llawr ar ei phen ei hun neu yn y gornel yn ffugio diddordeb mewn llyfr, ac eraill yn edrych drwy gornel eu llygaid ar 'riw ddynas ddiarth'. Neu'n waeth fyth rhywun yn dyfod ati a'i chyfarch â'r cyfarchiad erchyll hwnnw: 'Roswch chi rŵan, mi ddylswn i'ch nabod chi, dwi'n meddwl.' Na ddylsach, a rhowch gora i feddwl, dio'm yn llesol i chi na neb arall.

Felly cyrhaeddodd Tom Rhydderch a Bet Huws y llyfrgell bron ar yr un pryd ond o gyfeiriadau gwahanol.

Mae'r dyn yn hwyr i'w gyfarfod, meddai Bet wrthi ei hun gan arafu ei cherddediad a sbio i'r llawr er mwyn rhoi amser iddo ef fynd i mewn gyntaf.

Meddyliodd Tom na fyddai'n gweddu i adael i'r ddynes hon oedd yn amlwg yn hwyr i'r cyfarfod ei ddilyn ef i mewn. Ei le ef oedd cael bod yn olaf. Felly arafodd ei gerddediad er mwyn iddi hi, fel y tybiai y byddai'n digwydd, hastio.

A chyrhaeddodd y ddau y fynedfa ar yr un pryd.

Nid oedd Bet yn ddynes dal drws i ddynion. Nid oedd ychwaith yn ddynes oedd yn licio i ddynion ddal drws iddi hi.

Daliodd Tom Rhydderch y drws iddi a gwyro ei ben yn gyfeillgar i'w chyfeiriad.

Ond yr oedd dau ddrws. Gwthiodd Bet y drws arall gan gymryd arni nad oedd wedi sylwi ar 'foesgarwch' hen ffasiwn a nawddoglyd y llenor.

'Mantais dau ddrws,' ebe ef wrthi.

'O!' meddai hithau fel petai hi wedi dirnad am y tro cyntaf fod yna ddyn yn dal drws iddi.

A'r ddau ohonynt yn dal drysau agored, craffodd Tom Rhydderch arni.

'Roswch chi rŵan, mi ddylswn i'ch nabod chi, dwi'n meddwl,' meddai wrthi.

Teimlodd Bet nad oedd hi ar ei gorau y ddeudro y gwelodd Tom Rhydderch hi o'r blaen: ei gweld – yn bendant – ond roedd hi'n amlwg nad oedd o'n cofio, ar y trên, ac efallai, ond go brin, yn cario bagiau Pepco yn amheus yn y tywyllwch o gist car i dŷ ei modryb. Felly meddai wrtho yn hyderus:

'Anodd gin i gredu.'

Cyffyrddodd yntau yn ei hysgwydd a dweud:

''Ngenath i, mae'n amhosib credu erbyn hyn.'

Gwenodd ac aeth yn ei flaen i gyfeiriad y tŷ bach er mwyn rhoi'r cyfle iddi hi fynd i fyny'r grisiau i'r llyfrgell o'i flaen ef.

Trodd Tom y tap dŵr ymlaen yn un o'r sincs fel y medrai gymryd arno olchi ei ddwylo pe deuai dyn arall i mewn yn annisgwyl. Edrychodd ar ei watj. 'Chydig funudau, penderfynodd. Edrychodd arno'i hun yn y drych. Ceisiodd ddyfalu beth oedd cymhelliad y wraig od ger y drws yn gwrthod cydnabod iddynt eistedd wrth ymyl ei gilydd ar y trên i Fangor ychydig ddyddiau'n ôl. Doedd bosib fod ei chof mor wael â hynny. A gallai daeru iddi ei weld yn iawn y noson o'r blaen a hithau yn cario bocsys o fŵt car i dŷ'r 'hogan beryg 'na', fel y dywedwyd wrtho amdani: 'Watjwch honna sy'n byw w'th 'ch ymyl chi, Mr Rhydderch, wir.' A beth yn hollol oedd y cysylltiad rhwng y ddwy? Yr oedd yn dal yn nofelydd felly, cyfaddefodd i'r drych, oblegid dyna – esboniodd i'r gwydr – un o brif swyddogaethau nofelydd: archwilio cymhellion pobl. Cymhellion amwys pobl; hyd yn oed y rhai ymddangosiadol mwyaf sanctaidd yn eu plith; yn arbennig, efallai, y rhai mwyaf ymddangosiadol sanctaidd. Hynny a chofio. Ac yr oedd ef, y nofelydd ag ydoedd, wedi ei chofio hi! Yn union fel petai o wedi bod yn ei hysgrifennu i fodolaeth ers misoedd lawer.

Ar hynny agorodd y drws a gwelodd yn y drych ferch ieuanc. Gwthiodd yntau ei ddwylo ar hast i ddŵr y tap nes gwlychu llawes ei gôt. Edrychodd hithau ar y drws ac wedyn arno yntau.

'Sori!' meddai'r ferch. 'Ond fi sy'n iawn. A chi sy'n rong.'

A phwyntiodd at y ddelwedd o wraig ar ddrws y tŷ bach.

''Rargian!' ebe Tom ac yn reddfol sbio ar ei falog.

'O, pidwch becso,' meddai hi, 'in this day an' age ta beth.'

Cerddodd Tom allan ar flaenau ei draed a chodi ei law ac ysgwyd ei fysedd ar y ferch wrth fynd heibio iddi, hithau'n dal y drws iddo, ei lawes yn wlyb socian, a'r tap dŵr yn dal i redeg.

*　*　*

Agorodd Quentin ddrws y fan Bamboo House.

'Dim 'wan,' meddai Tjeryl yn tynnu yn ei lawes. 'Not a lot dder iet, dwi'm yn meddwl,' gan edrych i gyfeiriad drws agored y Lab Club.

Mi oedd hi'n gywir, wrth gwrs. Dim ond gŵr a gwraig yn unig hyd yn hyn, y ddau'n eistedd yn y rhes flaen, 'er mwyn i mi gal clŵad, Glyn'.

'Gymi di Gôc,' meddai ef wrthi.

'Be udas di?' ebe hi'n sbio'n hyll arno.

'Cola,' meddai ef. 'Gymri di Gola?'

Ysgydwodd hithau ei phen un munud i arwyddocáu 'Na' a'r munud nesaf 'Ia'.

'Ia ta naci 'di hynna?' holodd Glyn.

'Pw' 'di'r dyn Tatansold 'ma, Glyn?' holodd, yn edrych ar lun wedi ei chwyddo ar y llwyfan o Adam Tattersall yn ysgwyd llaw hefo Nigel Farage.

'O! Un da dio. Pawb yn deud. 'Di'r rhein ddim yn cymyd riwin riwin, sti, fel y lleill 'na,' atebodd Glyn ei wraig.

A'i gefn ar y bar, ei ddwy benelin yn pwyso ar y cownter, yn dal ei wydr wrth ei ochr gerfydd blaenau ei fysedd a'i siglo 'nôl a blaen yn araf, edrychai dyn ieuanc ar yr holl gadeiriau gweigion a'r ddau oedrannus yn y tu blaen o flaen y llwyfan.

'Wa's 'appening?' holodd gan droi ei ben i'r chwith a'r dde i chwilio am y barman.

Cododd y barman fel rhyw jac yn y bocs o'r tu ôl i'r bar.

'UKIP meeting,' meddai.

'Wa's tha'?'

'The people that will really look out for you.'

A throdd y dyn a'r barman i gyfeiriad y llais. Dyn oedd newydd gyrraedd y bar, wedi clywed y cwestiwn a'i ateb; ei fys yn dobio'r aer ar bron bob sill.

'I'll look out for me,' atebodd y dyn wrth y bar gan droi oddi wrth y llall.

'Peint o meild,' ebe'r newydd-ddyfodiad wrth y barman. 'How can you? With all them foreigners taking our jobs.'

'I'm a foreigner.'

'Don't be daft. You're English.'

'And you're retired,' meddai'r dyn cyntaf yn codi ei wydr i'w geg a sipian yn hamddenol ac edrych ar yr lle'n dechrau llenwi.

Daeth tri dyn ifanc at y bar. Meddai un wrth y barman:

'I am zi Bruno from zi Poland. And I'd like a Bud.'

'Cau hi cont,' ebe un o'r ddau arall wrtho. 'Ma hyn i fod yn siriys, sti.'

''Dach chi'ch tri yn eitîn, yndach?' holodd y barman. 'Eitîn bob un dwi feddwl, nid eitîn os dwi'n adio oed bob un ohonoch chi hefo'i gilydd.'

'Hei!' meddai'r llall, nad oedd wedi dweud dim hyd yn hyn, ac edrych yn fygythiol i gyfeiriad y barman.

Gwyrodd y barman ei ben fymryn tuag ato.

Ebe'r dynwaredwr:

'Dowch i ista. Gawn ni ddrinc wedyn ... Yn rwla gwell na'r shit hôl yma.'

'Taim tw go, ai thinc,' meddai Tjeryl. 'Ond nid chdi,' meddai wrth Quentin. 'Iw haf tw luf wudd Adam ar ôl heno. Mond Mei a fi.'

'Dwi'm yn cowyd,' ebe Quentin.

'Wi no,' meddai Tjeryl, 'ond ti'm yn dŵad i mewn. Ddes inyff of ys. Un i chdi,' meddai yn rhoi rosét piws a melyn i Mei Ling, 'an wan ffo mi, de. UKIP ffo efyr, de! Ty'd.'

'Pan welodd y dyn wrth y bar Tjeryl a Mei Ling yn dyfod i mewn yn gwisgo'r roséts, gwenodd wên lydan ac aeth i'w cyfeiriad.

'You're looking good,' meddai wrth Tjeryl.

'Thancs ffo cyming, Tjarli. Dud iw get mai meseij abowt iw-no-wat?'

'Did. But no food drops till next week, right. In case ...'

'Tjeryl!' gwaeddodd gwraig o'r rhes gefn. ''Dan ni fama.'

Aeth Tjeryl at ei mam; Mei Ling a Charlie yn ei dilyn.

'Dduthoch chi â'r petha?' holodd Tjeryl ei mam.

'Ma nw fama,' atebodd hithau gan gyffwrdd holdol ar y llawr â blaen ei hesgid. 'Deud wbath wrth May a Myf.'

Gwyrodd Tjeryl dros arffed ei mam a tharo'n ysgafn glun Myf. 'Diolch am ddŵad,' meddai.

Trodd y ddwy eu hwynebau crynion tuag ati a gwenu, un wyneb y tu ôl i'r llall fel lleuad lawn a hanner lleuad.

'Raid ti ddim,' ebe May ar ran y ddwy. 'Gwbod be neud. 'Di cal yr instrycshyns gan bòs yn fama.'

'Ia, gin bòs,' meddai Myf yn rhwbio boch Maureen, mam Tjeryl.

Petai rhywun yn sefyll o flaen May a Myf, meddyliodd Tjeryl, fe fyddai fel sefyll o flaen dau semi.

Brên-wêf ei mam oedd gofyn i May a Myf.

Edrychodd Quentin drwy ffenestr y fan a gwelodd ei dad yn cydgerdded â dyn arall: dyn bychan, siâp hen geiniog, a phe byddai iddo ddigwydd baglu nid disgyn a wnâi ond rowlio, rosét bron maint ei fol ar ei frest. Wrth fynd heibio trodd Adam Tattersall yn sydyn i edrych ar y fan. Llamodd Quentin yn ôl yn ei sedd. Ni welodd ei dad ef. Clywodd rywun yn cnocio ar ddrws cefn y fan.

* * *

Pan gyrhaeddodd ben y grisiau gwelodd Tom Rhydderch drwy wydr drws cyntedd y llyfrgell wraig yn edrych am allan a golwg boenus, biwis bron, arni. Gwenodd Tom arni ond ni chafodd wên yn ôl.

'Meddwl nad o'n i'n dŵad oeddach chi?' meddai wrthi wedi iddo agor y drws a hithau'n parhau i sefyll o'i flaen yn gwarafun mynediad iddo, a bellach ar flaenau ei thraed yn edrych dros ei ysgwydd.

'Ond tydy hi ddim wedi cyrraedd. O diar!' meddai'r wraig.

'Hi?' ebe Tom. 'Fo! A ma fo yma. Dyma fo.'

'Gwenlli Haf! Yr holwraig. Ma pobl 'di dŵad yma heno er mwyn gweld Gwenlli Haf. Fyddan nhw fyth yn colli *Min Nos*. Ma hi'n loes i rai orfod dod yma heno i'w gweld hi yn y cnawd, ac felly colli ei gweld hi ar y teledu.' Ac fel petai hi wedi cofio'n sydyn fod yn rhaid i Gwenlli Haf wrth rywun i'w holi, meddai gan ddal ei llaw am allan, 'O! Mr Rhydderch. Gwenfair Hu–', a throdd y ddau i gyfeiriad y grisiau wrth glywed sŵn rhedeg am i fyny. Ymddangosodd y ferch yr oedd Tom newydd rannu tŷ bach â hi.

'Chi'n y lle iawn y tro hyn,' meddai Gwenlli Haf wrth ddynesu at Gwenfair Huws a Tom Rhydderch, ei llaw yn estynedig a hyderus o'i blaen.

Yr oedd Tom ar fin cydio yn ei llaw pan gydiodd Gwenfair ynddi gyntaf.

'O'ch chi'n mynd yn bryderus, siŵr fod. Ofni nad oeddwn i am droi lan.'

'Bobol bach, nag oeddwn,' ebe Gwenfair Huws. 'Dynas brysur fel chi. Mae hi'n fraint. Yn fraint. Yn tydy, Mr Rhydderch?'

'Aruthrol,' ebe Tom. 'Aruthrol.'

'Yw dy law di'n dal yn wlyb?' Cynigiodd Gwenlli ei llaw i Tom gan roi pwniad chwareus iddo.

Ni allai Tom Rhydderch deimlo unrhyw ddicter tuag at Gwenfair Huws na'r bobl hynny o blith y gynulleidfa oedd wedi dod yma'n unswydd i weld Gwenlli Haf oherwydd onid ef a ddywedodd un tro, yn rhywle, bob tro, hyd syrffred (pan oedd cyfweliadau yn cyfrif iddo), fod dod o hyd i'r cwestiwn iawn yn llawer pwysicach na'r ateb. Mond holwraig sydd ei hangen felly.

'Mi 'rawn ni amdani reit handi,' ebe Gwenfair Huws.

'O's rhwbeth ti moyn i mi beidio â gofyn?' holodd Gwenlli Tom.

Meddyliodd Tom Rhydderch. Edrychodd Gwenlli a Gwenfair arno. Nid oedd yn Tom Rhydderch gyfrinachau mwyach fel yn yr hen ddyddiau ... Anghywir! ... Yr oedd yn Tom Rhydderch gyfrinachau o hyd ond nad oedd yn malio bellach ddim amdanynt ...

'Gewch ofyn unrhyw beth,' atebodd.

'Ymlaen!' ebe Gwenfair Huws gan fartsio o'u blaenau.

Rhoddodd hwy i eistedd ar y ddwy gadair ar y llwyfan fechan a chamodd am yn ôl i edrych arnynt, yn union fel petai hi wedi gosod dwy fas ar silff ben tân. Ysgydwodd ei llaw a oedd yn dynn wrth ei hochr fel aden iâr 'nôl a blaen a phesychodd. Pesychodd drachefn.

'Wi meddwl fod hi am i ti symud yn nes at y meic,' ebe Gwenlli Haf wrth Tom.

Ufuddhaodd yntau.

Edrychodd Gwenfair arnynt eto, o'r naill i'r llall. Edrychent iddi yn foddhaol. Meddai:

'Dwi am gyflwyno'r holwraig.'

Gwyrodd Tom ei ben tuag ati ac meddai:

'Ond pwy sy'n mynd i'ch cyflwyno chi?'

'Neb,' meddai heb ddirnad y gwamalrwydd. 'Neb. Does 'na neb fyth yn gwneud.'

A chafodd Tom Rhydderch gip ar fywyd llawn gwasanaeth Gwenfair Huws a'r unigrwydd yr oedd y gwasanaeth hwnnw yn ei huddo. Stori fer? holodd ei hun. Rhywbryd ... efallai, meddyliodd.

Edrychodd ar Gwenlli Haf rhag ofn ei bod hithau hefyd wedi clywed yr hyn a glywodd ef. Ond edrych drwy ei nodiadau yr oedd hi. Gwthiodd Tom ei gefn yn ôl i'r gadair â boddhad unwaith yn y pedwar amser gwir nofelydd. Croesodd ei freichiau. A gwelodd am y tro cyntaf y gynulleidfa. Llai na hanner cant ohonynt? Rhyw dri dwsin, efallai. Sylweddolodd nad oedd yn adnabod neb. Ond byddai rhywun yn bownd o ddod ato ar y diwedd hefo'r haeriad gwengar: 'Mi roddan ni'n yr ysgol hefo'n gilydd. Ydach chi'n cofio?' Yr oedd gwraig fechan yn y sedd flaen yn gwenu fel giât arno. Y mae un ym mhob cyfarfod o'r fath. Gwenodd Tom yn ôl arni. Yr oedd ynddo awydd i blesio heno. Gwelodd y wraig oedd ar drên Bangor yn edrych ar ei ffôn ac yn ei stwffio'n sydyn i'w bag a dechrau curo ei dwylo. Roedd pawb arall hefyd yn curo'u dwylo, gwelodd, a Gwenfair Huws yn eistedd i lawr. Pam? holodd Tom ei hun. Teimlodd law ar ei ben-glin. Edrychodd.

'Chi efo ni, Tom?' sibrydodd Gwenlli Haf i'w gyfeiriad.

* * *

Pan ymddangosodd Adam Tattersall a'r dyn crwn yn nrws bar y Lab Club, llamodd Tjeryl ar ei thraed a dechreuodd guro'i dwylo'n frwd. Trodd y gynulleidfa, rhyw ddeg ar hugain ballu ohonynt, i edrych i'w chyfeiriad gan sylweddoli ar yr un pryd fod yr ymgeisydd a'i noddwr wedi cyrraedd a dechrau curo dwylo hefyd. Cododd y dyn crwn ei fawd ar Tjeryl. Cododd hithau ei bawd yn ôl. 'Adam! Adam!' dechreuodd Tjeryl ei weiddi gan annog y gweddill i wneud yr un peth. Ond llugoer iawn fu'r ymateb er mawr siomiant iddi.

'Pw' 'di Adam?' meddai May wrth Myf.

'Duw, dwn i'm. Jyst gwaedda fo.'

Lleisiau dyfnion y ddwy yn ymdebygu i tjaeni'n cael eu llusgo hyd lawr concrit. Ac erbyn hynny dim ond hwy eu dwy oedd yn gweiddi'r enw.

Trodd y tri llanc a oedd gynnau wrth y bar a gwnaeth un ohonynt ystum ymosodol â'i fys i gyfeiriad y ddwy efaill. Gwelodd Tjeryl hynny. Gwelodd Charlie oedd yn eistedd wrth ei hochr hynny hefyd a gwelodd fod Tjeryl wedi gweld a rhoddodd ei law yn ysgafn ar ei phen-glin. Nodiodd Tjeryl ei phen a gwthio ei law yr un mor ysgafn i ffwrdd.

Erbyn hyn yr oedd y dyn crwn ar flaen y llwyfan yn tynnu'r meic am i lawr ar y stand i gyd-fynd â'i daldra – neu ei ddiffyg taldra. Eisteddodd Adam Tattersall o flaen y llun ohono ef a Nigel Farage a gallech daeru fod iddo ddau ben, un yn tyfu o'r llall, yr wyneb isaf yn edrych i'r dde a'r wyneb uwchben yn edrych i'r chwith. Yr oedd May wedi sylwi ar yr odrwydd hwn hefyd.

'O's na rwbath o'i le ar hwnna?' holodd ei chwaer yn uchel. 'Ta 'ngolwg i ydy o?'

Trodd un o'r tri llanc ei ben a rhythu arni. Sythodd Charlie yn ei sedd a rhythu i'w gyfeiriad. Rhoddodd un o'r ddau arall slap i'w ben a throdd yntau rownd yn ôl.

Gorffwysodd y dyn crwn ei ddwy law o boptu ei ganol, ei freichiau'n drionglau am allan. Edrychodd o'i gwmpas ac ysgwyd ei ben yr un pryd fel petai'n dynwared cyfrif y niferoedd o'i flaen, y wên ar ei wyneb yn gwneud i chi rywsut feddwl am india-roc pinc. Meddai:

'Christ-ho ye cuff-harvard. Did I get that right?'

A gwenodd wên letach, a'r wên fel petai'n tynnu croen ei wyneb i'r ochr arall i'w ben.

'Asu!' meddai Glyn o'r sedd flaen wrth ei wraig. 'Mae o'n medru Cymraeg hefyd.'

Pwniodd hithau ei gŵr er mwyn iddo fod yn dawel.

'I'm Leonard Shout. Lenny to his friends. And you are my friends, my friends. I'm UKIP's co-ordinator for this part of our great and undivided nation. My dad came from Rude-lynne, so I know you people well.'

Edrychodd ar ei watj. Cododd ei arddwrn i'r awyr. Dobiodd ei watj.

'Sorry I'm late. I was stuck behind coachloads of immigrants on the A55.'

'Arglwydd! 'Na chdi ofnadwy,' ebe Glyn a chafodd bwniad arall gan ei wraig.

'Do you know what they call me? They call me the stand-up politician. Because I'll always stand up for you! That's a promise from your friend Lenny Shout. And I'm sure Adam ...' oedodd oherwydd yr oedd o'n amlwg wedi anghofio cyfenw Adam, felly gwenodd, 'And I'm sure ...' a chofiodd! 'Adam Peppersall here will do the same for you. I'm only his warm-up act by the way.'

'Because he's the real clown,' gwaeddodd rhywun.

Aeth y lle'n dawel. Edrychodd rhai o'r gynulleidfa i'r cefn i weld a oedd yna wyneb yn cyd-fynd â'r llais.

A'i law yn cysgodi ei wyneb er mwyn cogio bach ei fod yn edrych o'i gwmpas, ebe Leonard Shout:

'Ah! It's our Chinese friend' – ac edrychodd Tjeryl i gyfeiriad Mei mewn syndod am ei fod wedi dweud unrhyw beth o gwbl heb sôn am ei weiddi; ond edrychai Mei yn gwbl ddigyffro yn ei dawedogrwydd arferol. Shout yn unig oedd wedi ei gyhuddo – 'You're more than welcome here, Mr Ming Vase. More than welcome. We're not racists here. I'll have a number 62 and a number 19. Please. And I bet you believe in global warming too.'

A chafodd adwaith. Roedd bron pawb yn chwerthin. Cododd un o'r tri llanc fys ar Mei Ling.

O'r diwedd yr oedd Leonard Shout wedi tanio'r gynulleidfa lugoer hon, cynulleidfa yr oedd yn ei dirmygu fel yr oedd yn dirmygu pob cynulleidfa, ac felly penderfynodd ddefnyddio eu chwerthin hurt.

'Yes, you laugh. Yes, you laugh. They have been laughing at you. It's your turn now. Yes, you laugh. They laugh at you all the time. Stop them laughing. Stop them laughing. It's wakey-wakey time, my friends. Wakey-wakey, politicians. Wakey-wakey, UKIP's coming. They've lied to you. They haven't been honest with you. They've fed you with untruths. UKIP is the only place where truth becomes truth all the time and is always truthful because the truth is always the truth and will forever remain the truth. And it's wakey-wakey time. UKIP's coming. Leonard Shout is declaring wakey-wakey time official. The English people are waking up. It's wakey-wakey time.'

'Weici-weici,' gwaeddodd Glyn ac yr oedd yn barod y tro

hwn am bwniad ei wraig a chwpanodd ei law am ei phenelin a gwthiodd ei braich am yn ôl gan deimlo rhyw nerth newydd ynddo'i hun.

'That's right, my friend. It's wakey-wakey time. What time is it?' – edrychodd Leonard Shout ar ei watj a dechreuodd ei dobio'n wyllt fel petai'n ceisio cael mynediad i mewn i Amser ei hun a gwaeddodd – 'IT'S WAKEY-WAKEY TIME. TELL ME THE TIME,' rhuodd. Ac o'i flaen, eu cegau'n cau ac agor yn ddiegni braidd i ffurfio'r geiriau 'wakey-wakey time' fel petaen nhw'n haid o bysgod mewn acwariwm, yr oedd y bobl, y demos, y werin.

'It's wakey-wakey time,' meddai drachefn ond yn ddistawach, ei wyneb yn goch, ei lygaid yn fawr, ei ddwy law yn erbyn ei arennau yn gwthio ei fol ymlaen, ei ben yn ysgwyd 'nôl a blaen yn araf gadarn, mwclis chwys ar ei dalcen.

Yn reddfol, deallodd Tjeryl mai pennod anghynnes arall yn hanes hir casineb pobl tuag at ei gilydd ydoedd UKIP.

* * *

'Any thoughts about next summer? Des and Karen thinking Sardinia again. Everything well? C x,' darllenodd Bet y cyntaf o'r pum neges destun yr oedd ei gŵr wedi eu hanfon ati, a hithau oherwydd popeth wedi anghofio edrych tan rŵan tra oedd y ddynes fach 'ma yn y ffrynt yn mwmial rhywbeth hollol annealladwy. Ond hwyrach mai ei bai hi oedd iddi eistedd yn y cefn. Dechreuodd pawb guro dwylo. Taflodd hithau ei ffôn i'w bag gan ymuno yn y gymeradwyaeth, ond am beth ni wyddai. Sylwodd ar George yn yr ail res.

'Wel!' meddai Gwenlli Haf. 'Twym yw croeso Blaenau Seiont bob amser. Tom Rhydderch, mae hi'n bleser bod yn eich cwmni.' Edrychodd arno a gyda rhyw sydynrwydd, meddai: 'A yw awdur yn gwybod pob dim?'

Rhwbiodd Tom ei ên. Sugnodd ei wefusau gan roi'r argraff ei fod yn pendroni, ond yr oedd yr ateb ganddo eisoes, wrth gwrs, oherwydd amrywiad ar yr un un cwestiynau y mae pawb yn eu holi mewn sesiynau di-fudd fel hyn. Dechreuodd:

'Dwi a'r Apostol Paul yn gytûn ...' Edrychodd ar Gwenlli Haf, ac mi oedd hyn yn y sgript ragbaratoawl hefyd os oedd yr holydd yn edrych o dan ddeugain oed iddo: 'Wyddoch chi pwy ydy'r Apostol Paul, ynta ydach chi'n rhy ifanc? ...' ac ymestynnodd ei law i geisio cyffwrdd ei phen-glin ond trodd hi ei choesau i'r naill du. 'Dwi a'r Apostol Paul yn gytûn ar un peth o leia,' a gwyrodd yn ôl i'w gadair, 'sef mai *o ran y gwyddom.*'

Edrychodd arni gan wybod y byddai'n gofyn iddo 'ddweud mwy'.

'Dwedwch fwy,' ebe Gwenlli Haf.

Edrychodd Tom i'r nenfwd, wedyn i'r llawr. Paderodd ei ddwylo a'u symud o ochr i ochr. Yna adroddodd o'i gof:

'Mae yna dyllau yng ngwybodaeth awdur. Tyllau anghenrheidiol. A gwae o os meiddia lenwi'r gwacterau. Mi fedrwch chi adnabod yn iawn nofel lle mae awdur wedi ceisio llenwi'r tyllau!'

'Sut?'

'Am mai nofel sâl fydd hi. O! Dwi'n gweld, fydd y darllenydd yn ei ddweud, dwi'n dallt rŵan! Oes 'na rwbath gwaeth na 'dallt', dwch? A rhoi'r llyfr yn ôl ar silff ebargofiant i hel y llwch llenyddol – tragwyddol. Cydgreadigaeth ddylai nofel dda fod rhwng awdur anwybodus a darllenydd di-glem. Mae'r awdur hollalluog wedi hen farw. Er fod 'na amball un yn atgyfodi mewn amball gystadleuaeth yn y Steddfod'.

Roedd o wedi dweud rhywbeth tebyg i hyn sawl tro o'r blaen. Geiriau wedi eu rihyrsio oeddynt. Ond lledodd rhyw siomiant drwyddo. Fel petai popeth amdano'n dorth echdoe. Y geiriau yn ei geg yn fara stêl. A phob argyhoeddiad ynddo wedi gwywo. Gwthiodd ei gefn fwyfwy yn ôl i'w gadair.

'Chi'n ocê?' holodd Gwenlli Haf mewn islais.

'Wrth gwrs!' meddai bron dros bob man. ''Mlaen â chi!'

Rhoddodd hithau ei nodiadau ar lawr, ac meddai:

'I ddod 'nôl at Paul ...' a chododd ei haeliau fymryn arno.

'Yng nghyd-destun cariad mae e'n sôn am y diffyg gwybodaeth, os wy'n cofio'n iawn ...'

'Ydach,' ebe Tom yn cofio hefyd.

'A ddylai nofelydd fod yn gariadus?'

'Dudwch fwy,' meddai Tom Rhydderch wedi cael ei wthio gan gwestiwn o'i ystafell ymarfer. Teimlai yntau fel actor wedi anghofio ei leins.

'Trwy eu caru nhw y'n ni'n dod i ddeall pobl, ife ddim? Efalle nad tyllau sydd yn yr ysgrifennu ond gostegion ymhle y mae cariad yn ceisio lleoli ei hunan. Neu adleoli ei hunan. A methu. A gorffod byw nid â gwybodaeth sy'n wastad yn ceisio tacluso pethau ond â blerwch. Ma cariad yn flêr, onid yw e? Casineb yn unig sy'n deidi. Dyna yw swyddogaeth casineb. Cal gwared ar y bobl a'r pethe nad y'n nhw'n ffito'n naratif ni a symleiddio cymhlethdod. Ac felly greu cymhendod ffug. Ife?'

Edrychodd Tom arni ... gan ymestyn ei law i'w chyfeiriad. Trodd at y gynulleidfa gyda gwên lydan.

'Gwenlli Haf, nofelydd!' meddai.

'Chi'n osgoi nawr, on'd y'ch chi?'

Beth oedd orau i'w ddweud rŵan, holodd Tom ei hun.

'Yndw,' addefodd, 'yndw ... Weithiau mi fyddwn i'n meddwl mai'r hyn yr oeddwn i'n 'i wneud fel sgwennwr oedd ceisio dod o hyd i fersiwn – neu fersiynau, hyd yn oed – gwell ohonof fi fy hun. Drwy naddu cymeriad gwahanol i fodolaeth â geiriau. A'r geiriau rheiny yn datguddio cilfachau o drugaredd wrth naddu.'

'Naddu allan o beth? Athroniaeth arbennig? Syniadau neilltuol?'

'O'r iaith Gymraeg ei hun, siŵr. Bydolwg ydy iaith. Nid disgrifiadol mo iaith ond amgyffredol. Does 'na mo'r ffasiwn beth â fi a fy iaith. Mae pob fi yn greadigaeth ieithyddol. Â geiriau y'm gwnaed.'

'Athroniaeth yw hynny.'

'Profiad yw hynny.'

'Felly, mae 'na fersiynau gwell o "Tom Rhydderch" yn y nofelau? Ffuglen y'ch chi?'

Oedodd yntau.

'Oes. Ac, ie ... Nofelydd edifeirwch ydw i.'

'Edifeirwch! Crefydd yw hynny.'

'Does wnelo fo ddim â chrefydd. Gwir ystyr edifeirwch ydy ymwrthod â'r syniad o fi solat a pharhaol. Newid parhaus ydy unrhyw fi. O hwn i hon, o'r llall i'r arall, o hi i fo. Y ddelwedd o ddŵr, nid y ddelwedd o graig.'

'Esblygu tua'r gwell? Dyna yw e? Bioleg felly.'

'Y syniad o ddatblygiad ydy hynny. Syniad y mae hanes, ddwedwn i, drwyddo draw wedi ei ddifrodi. Os rhywbeth gwaethygu mae dyn ...' – edrychodd ar Gwenlli Haf a chofiodd – 'a dynes ... oherwydd fod ganddo fo y dechnoleg bellach i greu gwaeth o'r hyn oedd eisoes y gwaethaf ... Taith ieithyddol ydy edifeirwch. Newid geiriau a threfn geiriau. I'w roi o'n amrwd i chi: os duda i: "Dyn drwg ydw i", dyna debyg fydda i. Os duda i: 'Mae yna ddaioni yno i', mae yna siawns bach wedyn y do i ar ei draws o. Ffordd o siarad ydy pob un ohonom ni. Ydwyf yr hyn a ddywedwyf. Ac mae modd newid y dweud. Dyna ydy llenyddiaeth. Gweld o'r newydd drwy ffenestri iaith wahanol. Cael eich agor gan gystrawen.'

'Mm,' ebe Gwenlli Haf yn amheus, 'ond os yw'r dweud 'ma mor allweddol i chi, pam nad oes nofel wedi ymddangos ers, beth? ... Ugen mlynedd? Pam?'

Derbyniodd Tom y cwestiwn fel cyhuddiad yn ei erbyn. Nid oedd o gwbl wedi rihyrsio ateb er mai hwn oedd y cwestiwn iddo.

'Oherwydd,' meddai'n syth bìn. Ond darganfu nad oedd dim yn dilyn 'oherwydd'. Cododd ei ddwy law i'r awyr. 'Oherwydd,' meddai eto. Ond yn fwy pendant.

Daliodd ei ddwylo yn yr awyr fel petai'n dal cawg o ddiddymdra.

'Er, cofiwch,' meddai yn sbio i'r siâp rhwng ei ddwylo. 'Er, cofiwch,' ailadroddodd.

'Ie?' ebe Gwenlli Haf. 'Tom?' meddai.

'Mae ambell i ddelwedd yn dod o hyd. I oglais rhywun.

Rŵan ac yn y man. Withia. I chwerthin am 'ch pen chi.' A daeth
â'i ddwylo i lawr. 'Ambell waith.'

'Er enghraifft?'

'Ddoe ddwytha. Echdoe falla. Gwraig ar ei thin ar draeth.
Yn ceisio creu twll yn y tywod tamp. A'r sugndywod yn trechu
ei holl ymdrechion hi.'

Edrychodd Gwenlli Haf arno'n ddisgwylgar.

'A?'

'Doedd 'na ddim mwy.'

A daeth hithau i ddeall nad oedd mwy o gyfweliad ar ôl
ychwaith. Trawodd lewc sydyn ar ei nodiadau ar y llawr rhag
ofn fod rhywbeth ... Gwelodd y gynulleidfa'n anniddigo. A
glywodd hi rywun yn dweud: 'Llond trol o rwtj'? Sylwodd fod
rhyw wên od ar wyneb Tom Rhydderch. Tybed, meddyliodd,
mai gwenu'n ôl yr oedd o ar y wraig fach yn y rhes flaen oedd
wedi gwenu drwy gydol y sgwrs? Ond nid oedd yn gwenu ar neb
na dim allanol.

Ond diolch i'r drefn, yr oedd Gwenfair Huws wedi hen arfer
â chyfarfodydd llenyddol oedd yn mynd i'r wal.

'Wel!' meddai yn codi ar ei thraed. 'Tydan ni wedi cael gwledd.
Dwi'n siŵr y byddwn ni'n pendroni uwchben y gwirioneddau a
glywsom ni am ddyddiau lawer. A rhagorol iawn chi, Gwenlli
Haf, am dorri'r sgwrs yn ei blas. A'n gadael ni ar y copa.'

Dechreuodd guro ei dwylo, yn bennaf er mwyn annog y
gynulleidfa i wneud hynny.

Ar ganol y gymeradwyaeth cododd Tom Rhydderch.
Cododd ei law ar Gwenlli Haf. Dechreuodd gerdded am allan
yn codi ei law ar hwn a'r llall fel petai yn eu hadnabod.
Cyffyrddodd fraich Bet yn fwriadol neu'n ddamweiniol. Ac allan
ag ef drwy'r drws.

* * *

'... and if you're not with Lenny, then you're with them,'
dechreuodd weiddi drachefn, 'with them! And you *don't* want

to be one of them, do you? Tell me you don't want to be one of them.'

Teimlodd Tjeryl rywbeth bygythiol yn hydreiddio'r ystafell.

'Mi an ddy musus ar wudd iw, Mustyr Showt,' ebe Glyn, ond yn teimlo blaen penelin yn ei asennau.

Yr oedd y tri dyn ieuanc ar eu traed, pob un yn dobio'r aer â blaen bys ac yn gweiddi: Hei! Hei! Hei! Gweiddi fel petaent wedi bod yn chwilio ers tro byd am rywbeth i weiddi er ei fwyn.

Â rhan ohoni ei hun, yr oedd Tjeryl eisiau chwerthin dros bob man. Oherwydd dynion i chwerthin am eu pennau yw dynion fel Leonard Shout.

Ond y mae dynion o'r fath hefyd yn berygl einioes. Ynddi hi ei hun hyd yn oed, hyd yn oed ynddi hi ei hun, ymdeimlodd â rhyw galedwch yn caledu yn galedwch mwy, fel petai'r bygythiol hwn a oedd yn hawntio'r awyrgylch wedi medru ymdreiddio – a hynny er ei gwaethaf hi ei hun – i mewn iddi a'i gorfodi i deimlo teimladau nad oedd hi eisiau eu teimlo.

A rhywbeth tanddearol, is a hyll yn dyfod i'r amlwg wrth i bethau gwell a da, y pethau sydd wedi gwarantu gwarineb erioed, gael eu hysgubo ymaith ar fyrder dychrynllyd gan ryw gasineb di-ffurf oedd wedi gwisgo amdano eiriau arswydus o blentynnaidd bron.

Hei! Hei! Hei!

Mae symlrwydd erchyll mewn drygioni.

Hei! Hei! Hei!

A strancio geiriol yn cymryd arno siâp dadleuon rhesymol.

'And if you're not with Lenny then you're with them,' clywyd drachefn.

Teimlodd Tjeryl fod arni angen bwyta rhywbeth melys.

Teimlodd fod arni angen rhoi ei dwy law mewn dŵr oer; gwefreiddiol o oer.

Ond i weithredu y daeth hi yma a pherswadio'r lleill i ddod gyda hi:

'Rŵan!' meddai.

Dechreuodd y rhesiad ohonynt guro eu dwylo'n araf a

chlecian bys a bawd ar yn ail, wedyn stampio un droed ar ôl y llall. Ond meddyliai pawb arall mai rhyw amrywiad ar gymeradwyaeth oedd hyn. Cododd Leonard Shout ei fawd arnynt. A pharhaodd y tri llanc i weiddi: Hei! Hei! Hei! yn ddigon uchel i foddi eu sŵn hwy.

Ond yna llusgodd May yr holdol oedd wrth draed Maureen, mam Tjeryl, a'i godi, a'i osod ar fwrdd gwledd ei harffed.

Cododd Myf.

Agorodd May yr holdol a thynnu allan racet denis a'i rhoi i Myf.

Yr oedd gweddill yr holdol yn llawn o beli tenis. (Y pethau hyn i hyd, wrth gwrs, wedi eu 'benthyg' – i'w roi o fel 'na – o XsportiWorld y Sadwrn diwethaf.)

Taflodd May bêl i'r awyr a thrawodd Myf hi â nerth sylweddol. Glaniodd ar ymyl y llwyfan gan fownsio'n ôl i'r gynulleidfa. Gwelodd Lenny rywbeth drwy gornel ei lygad, ond beth, ni wyddai, ac ni chynhyrfodd neb arall ychwaith.

Taflwyd pêl arall gan May a hitiodd Myf hi y tro hwn fodfeddi oddi wrth Mr Shout.

Daeth pêl arall yn gyflym ar ei chwt, a'r tro hwn teimlodd yr areithiwr hi'n wynt yn mynd heibio'i wyneb a gwelwyd cryndod ar wep Nigel Farage ar y poster yr oedd Adam Tattersall yn eistedd wrth ei ymyl. Sythodd Adam ei hun fel petai'n deffro i'r fan o'i gwmpas am y tro cyntaf ac yntau wedi bod drwy'r adeg yn rhywle arall, fe dybiech.

Dechreuodd Leonard Shout ddirnad beth oedd yn digwydd.

Ond bellach yr oedd May'n taflu'n gyflymach a Myf yn taro'n amlach.

Yr oedd cawod o beli melyn yn glanio ar y llwyfan.

'We are being attacked,' gwaeddodd Leonard Shout ar yr union eiliad y trawodd pêl ei gorun ac ar adlam daro Adam hefyd ar ochr ei wyneb.

Erbyn hyn yr oedd May a Myf fel un, yn beiriant difaol o daflu a tharo.

Hitiodd pêl wraig Glyn ar ochr ei phen. Edrychodd ar ei gŵr, sgrechiodd a rhoddodd glustan iddo.

Cyrcydiodd nifer o'r gynulleidfa a symud ar hyd y rhesi ond i lwybrau ei gilydd gan chwalu'r cadeiriau'n swnllyd i bobman.

'Call the police!' gwaeddodd Leonard Shout ar y barman. 'Call the police!'

Edrychodd y barman i'w gyfeiriad, ei wyneb yn hollol ddifynegiant, ei freichiau ymhleth.

Gafaelodd Leonard Shout yn Adam Tattersall, ei godi o'i gadair ac ymochel y tu ôl iddo wrth ei lywio o'r cefn gerfydd defnydd ei siaced ar hyd ymyl y llwyfan. Yr oedd y peli bellach yn taro Adam yn ddidrugaredd.

Ymddangosodd y tri llanc ar y llwyfan, yno i amddiffyn eu harwr, ac felly aethant hwythau hefyd y tu ôl i Adam Tattersall gan greu rhyw fath o sgrym o gwmpas y Leonard Shout cuddiedig. Symudodd y garfan gyfan drwy symudiadau bychain herciog, Adam Tattersall yn darian iddynt, ei wyneb yn ddychryn llwyr. O'r llawr edrychent fel rhagflaenydd cyntefig o'r cynfyd i'r pry copyn cyfoes.

Taflodd May y bêl olaf i'r awyr. A'i llygad a nerth ei braich yn un, trawodd Myf hi yn galed, gysáct, a'r eiliad nesaf, yn union fel y disgwyliai, clywodd ryw waedd garbwl o ganol y cwlwm – cwlwm o ddynion oedd yn ceisio dianc o'r llwyfan, pob urddas wedi hen ymadael ohonynt.

'Direct hit!' meddai Myf; May yn codi ei bawd arni. A'r gweddill, Tjeryl, Maureen, Charlie a Mei Ling, yn dyrnu'r llawr â'u cadeiriau. Y barman yn dobio dwy botel gwrw wag ar bren y bar. Sŵn larwm y drws tân yng nghefn y llwyfan yn ychwanegu ei hun at y synau eraill.

Hyrddiodd gwraig Glyn ef drwy fynedfa'r bar ac i'r cyntedd. Trodd a chododd ei dau fawd ar Myf a May. A chan ei chydnabod yn yr un dull gwaeddodd May arni: 'Hei, Maj.' Rhoddodd Maj un hwth arall i'w gŵr nes peri iddo fownsio'n erbyn pren y drws ac i'r awyr iach.

'Thancs ffo ddat, Gymsi,' ebe Tjeryl wrth y barman a chipio un o'r poteli cwrw gwag a'i stwffio i boced tu mewn ei siaced.

'Raid ti ddim, biwtiffwl,' meddai Gymsi. 'Ol in ddy dei, de, del.'

* * *

Penderfynodd Tom Rhydderch gerdded adref ar hyd y cei.

Yr oedd goleuni'r tri chwarter lleuad yn cael ei bylu gan haenau o gymylau mygliw a'r cymylau yn eu tro wrth bylu'r lloer yn ymddangos fel rhubanau cwafriog o las tywyll a phorffor tywyllach, a phan ddeuai ysbaid clir ond byr rhwng hynt y cymylau ymoleuai'r môr yn rhywbeth danheddog, anghynnes rhywsut, o loyw.

'Sut aeth hi heno, Tom?' holodd ei hun. Atebodd ei hun drwy wneud rhyw sŵn oedd rywle rhwng peswch isel a dyhefod ci. Hwyrach nad oedd wedi cael hwyl arni ond yr oedd wedi cael hwyl, teimlai.

Sylwodd ar oleuni sydyn yn dyfod o gyfeiriad un o'r meinciau ar bwys waliau'r dref.

Clywodd: 'Ti idiot. Ma gin honna conficshyn GBH.'

Clywodd sŵn taniwr sigarennau.

Gwelodd wrth fynd heibio dri llefnyn ar y fainc: un yn dal y fflam; un yn gwthio pen y trydydd am yn ôl ac yn craffu o ochr i ochr ar ei wddf.

'Ma 'na riwin yna,' clywodd.

Diffoddwyd y fflam.

'Mond hen foi mental,' dywedwyd i'r tywyllwch.

* * *

Wrth iddynt ddynesu at y fan Bamboo House camodd un o'r tri llanc allan o gysgodion talcen tŷ, y ddau arall y tu ôl iddo, a sefyll ychydig fodfeddi o flaen Tjeryl a Mei Ling.

''Di'r hogia'n iawn,' meddai wrth Mei Ling, 'fod gin hon law ffantastic ond ceg well?'

Mor chwim y tynnodd Tjeryl y botel gwrw o'i phoced, ei malu yn erbyn y wal a gwthio'r ddau bigyn o'r gwydr briw dan ên yr hogyn. Hyd y gwyddai nid oedd wedi torri'r croen.

'Deud fwy'r ffycar,' meddai, 'a fydd hon yn joinio dy ddannadd di.'

Medrodd yntau ryddhau ei hun.

Rhedodd y tri i gyfeiriad y cei.

'Ti'n ocê?' meddai Tjeryl yn ddigon hamddenol wrth Mei Ling a rhoi'r botel iddo.

Wedi cyrraedd y fan gwelsant Quentin yn gwyro dros yr olwyn lywio. Agorodd Tjeryl y drws a cheisio ei wthio yn ôl. Trodd yntau ei ben rhag iddi weld ei wyneb.

'Dangos,' meddai wrtho. 'Sho!'

Edrychodd Quentin arni a gwelodd hithau glais yn lledu o'i lygaid i'w foch, rhimym o waed wedi ceulo o dan ei drwyn a chwydd ar ei wefus isaf.

'Y tri yna?' holodd a chythru am y botel o law Mei Ling.

'Na. Not ddem. Jyst ar ôl chi fynd mewn. Odd 'na noc ar y drws. Nath fi'm gweld pw' odd o. Jyst un. Ond dwi ocê. Dim ffŷs.'

'Chei di ddim ffŷs,' ebe Tjeryl wrtho yn troi ei wyneb o'r chwith i'r dde. 'Mwf yp. Iw draif, Mei. Hôm!'

'O ran y gwyddom,' meddai Bet wrth ei hadlewyrch yn ffenest y siop gemist yr oedd hi wedi oedi i sbianna ynddi, fel yr oedd hi wedi oedi i sbianna yn ffenestri ddiddychymyg y siopau eraill ar hyd y stryd. Ei hadlewyrch rhyngddi hi a'r ferch L'Oréal a'i gwallt perffaith wedi ei fferru ar hanner tro ar dalcen ei hwyneb di-fefl. A daeth adlewyrch fan oedd newydd stopio i'r gwydr. *Bamboo House*, darllenodd Bet.

'Lifft?' gwaeddodd Tjeryl arni o'r fan.

Trodd Bet a'i gweld, wyneb Mei hefyd yn gwthio am ymlaen o sedd y gyrrwr i edrych arni. Yr oedd Mei yn gwenu. Oedd hi wedi gweld Mei yn gwenu o'r blaen?

'I lle?' ebe Bet bron yn ddifeddwl.

'Amarillo,' atebodd Tjeryl a chyffwrdd ei llaw.

Eisteddodd yn y cefn wrth ochr Quentin nad oedd am ryw reswm am edrych arni.

'A sut oedd y cyfarfod?' holodd Bet; ei choegni yn cronni yn y gair 'cyfarfod'.

'So-so,' ebe Tjeryl. 'Iw?'

Pendronodd Bet ... a 'Diddorol,' meddai.

Aeth y fan i dwll yn y lôn ac ysgydwyd Quentin i orfod edrych arni.

'O! Be ddigwyddodd, Quentin,' holodd.

'Syrthio,' atebodd Tjeryl yn troi ei phen reit rownd i edrych yn syth i wyneb Bet, a'i hedrychiad yn dweud wrthi am beidio meiddio gofyn mwy.

Wedi iddynt fynd i mewn i'r tŷ ac fel petaent o un meddwl aeth y pedwar i eistedd i'r parlwr.

Mei ar ei hyd yn y gadair yn edrych ar ei draed yn cicio'n erbyn ei gilydd.

Quentin a Bet yn eistedd wrth ochrau'i gilydd.

Tynnodd Quentin lyfr bychan o'i boced ac edrych drwyddo ar yn ail â chiledrych ar Bet.

Tjeryl yn clicio bysedd ei dwy law o'i hanner eistedd ar gaead y piano ... yn ddi-baid, teimlai Bet.

'Oes raid?' meddai.

'Sori,' meddai Tjeryl yn gosod ei dwy law yn hytrach ar gaead y piano.

Rhoddodd Quentin ei lyfr i Bet a dangosodd dudalen iddi. Darllenodd hithau – 'A poem for the day my mother left. No. 12'. Nid oedd dim byd arall ond y teitl. Llithrodd ei bys i fyny ac i lawr gwynder budr, bellach, y dudalen.

Edrychodd ar Mei Ling oedd yn parhau i guro blaenau ei esgidiau'n erbyn ei gilydd.

Edrychodd ar Tjeryl o hyd yn hanner eistedd ar y piano ac yn cymharu erbyn hyn ewinedd un llaw ag ewinedd y llaw arall.

Edrychodd ar Quentin, ei lyfr yn dal yn ei dwylo.

Nid pedwar oedd yn yr ystafell hon ond un. Ac un galon oedd yn graciau byw yn curo.

Trwy'r ffenestr gwelodd Tom Rhydderch yn mynd heibio.

* * *

'Effatha,' meddai Tom Rhydderch wrth ei ddrws ffrynt. Ac arhosodd i edrych. Rhag ofn. Yr oedd rhan ohono o hyd – ac wedi bod erioed – ymysg y gwyrthiol.

Ond noson goriad oedd heno. Fel pob noson arall, wrth gwrs.

* * *

Taflodd Tjeryl soser i'r dŵr oedd wedi ei adael yn sinc y gegin. Gwelodd hi'n troelli a suddo o'r golwg i ddŵr budr, oer, llawn saim ar ei wyneb.

Mor ddiymadferth ydoedd hi, Tjeryl, teimlodd.

Roedd angen rhywbeth mwy na chlecian bysedd a dobio cadeiriau a thaflu peli tenis.

Ond o leiaf bu iddi weithredu.

Gwnaeth rywbeth.

Dywedodd: 'Na!'

'Effatha'

'... the shock of it, you know. Pretending like that, that he hadn't seen me. Felt as if my heart was being punched. But there was nothing I could do. Nothing I could say. I had to pretend otherwise, walking as I was with my friend to the meeting. My friend telling me how nervous he was to be addressing a crowd. You'll be all right, I said to him, trying to calm him down, of course you will, I said. But I wasn't. I felt hurt by him. And we all know the danger of allowing hurt feelings free rein, don't we? (Un neu ddau'n ysgwyd eu pennau, yn amlwg yn deall i'r dim.) It spreads through you like ink on blotting paper. So there I am on stage and it's an all right meeting, you know. Decent numbers and all that. Bit of a kerfuffle at one point. That girl who was in the paper some time ago over that incident by the castle shouting something. (Gwenodd ambell un wrth iddynt gofio'r digwyddiad.) But nothing you don't expect in meetings, you know. But I'm not there somehow on that stage. I'm not listening by now. Once you've let the hurt in it begins to rearrange the furniture inside your head. I'm walking on a carpet of seething anger. How dare he pretend he doesn't see his own father and hiding in that van? It was as if I'd been hit in the face by something. And you all know how it goes from then on. Why did I ever bother? I was mother and father to him. Might as well. Might as well. (Bellach y mae bron pawb yn ysgwyd eu pennau mewn cytundeb.) And once you've opened the might-as-well door you're out of the house and in the bookies. Might as well. They don't care. Might as well. They don't know. Might as well. Good job it was late at night then, eh? (Clywyd ambell chwerthiniad.) So I say goodbye to my friend and how well the meeting had gone and all that, you know. Then me and might-as-well take a walk around the town. I want the darkness. So I step into shadows. In and out of shadows. I want to be taken. I know I want to be taken. Taken away for ever. Then I see this old man coming out of the library. And he's smiling. What's he got to smile about, I ask myself. The old codger. With resentment at first. A smiling old man, what? Then with inquisitiveness. Maybe he's read something beautiful and liked it. Maybe he found out something new. Maybe at his age smiling is the best choice. See, you're all smiling now. I see you. As I smiled with that old man coming out of the library. And I thought, what the hell. That's what sons are supposed to do at that age, hide from their fathers, for god's sake. Fathers are always an embarrassment to their sons. You don't want to be like your old man, son, I said to the night. You really don't. Thanks for letting me share.

Ac am y tro cyntaf iddo gofio derbyniodd Adam Tattersall gymeradwyaeth am ei siarad plaen a didwyll.

* * *

'... ond dyna dwi'n 'i ddeud wrthat ti! Jorj nabyddodd hi,' clywodd Bet y wraig hŷn yn ei ddweud wrth y wraig iau pan gyrhaeddodd y cownter yn y lle brechdanau, a theimlodd ei breichiau'n sythu'n dynn fel petai rhywun o'r tu cefn iddi yn eu tynnu am yn ôl, a dyheai am fedru gadael ond yr oedd wedi ei fferru i'r llawr.

'Sori, nesh i'm dallt. O'n i'n meddwl mai fel arall rownd oedd hi.'

Yr oedd Bet yn darllen y fwydlen uwchben y cownter ond nid oedd dim ohoni i'w weld yn mynd i mewn. Dim ond aros yno'n sialc gwyn annealladwy o flaen ei llygaid.

'Odd o 'di meddwl 'i fod o 'di'i nabod hi tro cynta ... We haven't got pastrami today, I'm sorry.'

Symudai llygaid Bet yn ddi-baid yn ôl a blaen ar hyd llythrennau *Avocado with bacon bits*.

'Be nath iddo fo dwigio ma' hi odd hi, ta?'

'Pan ddath hi'n ôl yr eildro a'r olwg bowld 'na ar 'i gwep hi mi ... Are you ready to order?'

Yr oedd ceg Bet yn sych grimp a'i hanadl yn dyfnhau. Agorwyd y drws.

''Ma fo Jorj, geith o ddeud y rest wrtha chdi. Deud hanas y beth bowld 'na w'th Linda dwi ... So, what can I get you?'

Yn araf trodd Bet i wynebu Jorj. Gwenodd yntau arni. Y Jorj arall hwn nad oedd hi erioed o'r blaen wedi ei weld.

'The soup is mushroom and tarragon.'

'Sori,' meddai Bet yn troi i wynebu'r wraig, 'guthwn i ar fara brown ...' ond ni wyddai ac edrychodd ar y fwydlen eto a'i gweld y tro hwn, 'mozzarella a tomato,' yn gwybod iddi hefyd ddewis rwbath rwbath dim ond er mwyn cael mynd allan.

'Mi ddalltoch bob dim felly. Dwi'n siŵr 'ch bod chi'n meddwl 'n bod ni'n betha od. Ond riw ddynas ath allan heb dalu pan odd y siop yn brysur a dŵad yn 'i hôl rêl jarffas 'mhen dipyn gan feddwl, mwn, na fasa hi'n cal 'i nabod. Ond mi ddarut, do'r hen Jorj!'

'Shyrloc Hôms,' ebe Jorj yn mynd heibio Bet ac i'r ochr arall i'r cownter.

'Mynd i gerad 'dach chi?' holodd y ddynes wrth osod tameidiau o'r caws a'r tomato ar dafell o fara. 'Pupur?'

'Meddwl y byddwn i'n mynd i gyfeiriad Dinas Dinlle. Ac ia i'r pupur,' ebe Bet.

'Pell!' meddai yn codi ar flaenau ei thraed ac yn pwyso cyllell, un llaw ar y carn a'r llall a'r y llafn, i'r frechdan i'w haneru'n ddau driongl. 'Damia. Y pupur!'

'Waeth chi befo,' ebe Bet. 'A *lemon drizzle*,' ychwanegodd wedi iddi ddeffro i bresenoldeb y cacennau o flaen ei llygaid a medru gwneud dewis go iawn y tro hwn. A theimlodd – fel y dywedodd y geiriau – ym mhoer ei cheg orfoledd y lemon siarp a melyster siwgwr yn egwan a chwareus rhywle y tu ôl iddo.

''Dach chi am dalu, tydach?' meddai'r ddynes wrth roi bag ei danteithion iddi.

'Well mi, tydy,' ebe Bet, 'dwi'm isio Jorj ar 'yn ôl i.'
Edrychodd Jorj i'w chyfeiriad, a nodio'i ben fymryn.

*　*　*

'Cyfaddefodd yr awdur Tom Rhydderch ei bod yn edifar ganddo ysgrifennu nofelau erioed. Hyn oedd y datganiad syfrdanol i aelodau a ffrindiau ...' Ni faliodd orffen darllen y frawddeg i gyd. Symudodd ei lygaid ar wib drwy weddill y golofn fer, ei ymennydd yn cofnodi ambell i air – 'ran', 'solat', 'Haf', 'cymeradwyaeth' – nes canfod ei fod wedi dechrau darllen tamaid o'r golofn nesaf: 'Enillwyr Raffl y Blaid: 1af Cyw Iâ ...'

Ac yntau gynnau pan glywodd glatsian y twll llythyrau – sŵn cysurlon i rywun ar ei ben ei hun – wedi meddwl y byddai yno rywbeth o werth. Ond y rhacsyn hwn ydoedd. Mewn llawysgrifen uwchben ei deitl – *Rhwng y Walia* – 'tud. 16. Diolch! G.H.' Taflodd ef i'r 'lluwch' ar ei ddesg.

Dechreuodd Tom Rhydderch feddwl am weddill y diwrnod o'i flaen.

Yr oedd, gallai weld, yn braf y tu allan.

Ond yn sydyn daeth hyn i'w feddwl: 'Yr oedd fy ngorffennol cynnar mor ... mor ddiogel ... ond rŵan ... Rŵan!' A theimlodd rywbeth fel sgrech yn ymffurfio ymhell o'r golwg ynddo ... a thu draw i ... Wedyn diffoddodd. Beth bynnag ydoedd.

Ar y pared, yn betryal, crynai heulwen. Medrai ei fframio, petai ganddo ffrâm, yn llun byw.

Oedd, yr oedd yn ddiwrnod braf.

*　*　*

Hen gaer oedd Dinas y Pridd. Annisgwyl ac o'r golwg mewn cornel cae, ychydig o'r lôn. Ei chloddiau yn weladwy o hyd – dim ond i chi wyro dros y giât a throi eich pen i'r dde, fel y gwnâi Bet rŵan – yn ffurfio sgwâr a phedwar twmpath ym mhob cornel.

Ond ei rhyfeddod oedd y coed tal a dyfai o'i mewn. Petaech yn medru cyrraedd y tu mewn hwnnw, fe ymdeimlech â rhyw lonyddwch ymhlith y coed, eu boncyffion yn anfon eich golygon am i fyny i'r plethwaith o frigau mân a mân ddail a oedd yn dal sŵn unrhyw wynt a'i rwystro a'i atal rhag cyrraedd llawr y gaer a oedd yn barhaol dawel. Y coed eu hunain yn edliw presenoldeb; presenoldeb pwy bynnag gynt a gododd gyntaf oll y gaer fechan hon; eu taldra yn dynwared y 'cewri oedd ar y ddaear y dyddiau hynny'. A'r llai a oedd ar ôl o'r mwy a fu wedi medru dal gafael o hyd ar sibrydion o bendefigaeth ddiflanedig. Ac amser wrth i ni *edrych* ar y gaer hon (a llecynnau cyffelyb iddi pe deuai i hynny) yn agor ei hun yn lletach na'r arferol i ddangos o un safbwynt fod popeth wedi darfod, ond o safbwynt arall – a hwn yw'r peth – fod popeth wedi ei gadw'n gwbl gyfan. Ac nad croes-ddweud mo hynny, ond amrywiad mewn profiad sy'n ddibynnol ar y *lle* yr edrychwn ohono. O'r fan yma, y mae rhywbeth yn deilchion. O'r fan acw, y mae'n gyflawn.

A'i phen dros y giât yn edrych ar bennau'r coed yn y gaer yn siglo'n araf, y brigau'n ffugio craciau ar y glesni uwchben, yr oedd lleoliad Bet heddiw yn peri iddi weld mwy o'r hyn oedd yn deilchion. A hyd yn oed – fel hyn y siaradai â hi ei hun – petawn i'n cael cynnig rhyw Sens Hollalluog a fyddai'n pwytho pob loes a phob colled i ryw frodwaith synhwyrol, mi fyddwn i yn ei wrthod o, oherwydd fod llanast galar yn y diwedd yn fwy triw ac yn ffyddlonach i'r bobl yr ydan ni'n eu caru ac wedi eu colli nag y medr dod o hyd i reswm dros y loes a'r golled fyth fod. Rhowch i mi flerwch cariad bob tro a'i ymylon o'n raflio, ei ganol o'n dadbwytho ei hun, yn hytrach na rhyw ystyr cymen sy'n cymhennu. Mae pob ystyr fel yna rhywfodd yn sarhau ac yn lleihau yr holl golledion y mae pobl, pawb ohonom ni, yn eu hetifeddu. Diffyg ystyr sy'n rhinwedd. Fedrwch chi ddim trwsio'r galon sydd wedi ei thorri, mond parhau i fyw hefo hi a gwrando ar ei churiadau chwithig o hynny ymlaen. Ein galar ni sy'n wir, nid rhyw wirionedd maes o law a fedr wneud perffaith synnwyr o bob dim. Fel coeden ar ei phen ei hun ar ganol cae wedi ei hollti ar un adeg gan fellten, un ochr ohoni'n ddiffrwyth a'r ochr arall bob haf yn deilio orau y gall hi, ond drwy'r adeg yn parhau yn goeden y rhyfeddwn at ei gwytnwch a'i dyfalbarhad. Yn wir, at ei harddwch. Nid harddwch perffeithrwydd, ond harddwch bregusrwydd eofn.

Os bydd nefoedd, sy'n annhebygol, yna lle i ddyfnhau anneall cariad fydd o ac nid lle y bydd cariad yn cael ei ddofi a'i fygu gan esboniad terfynol a gwybod eglur. Rhywbeth sy'n wastadol yn aros ar agor yw dioddefaint, ac nid ei gau a wna cariad ond ei gario.

Fel yna yr oedd ei meddyliau y canol dydd hwn wrth bwyso ar y giât yn edrych ar Ddinas y Pridd.

Teimlodd awydd y *lemon drizzle* arni.

* * *

'Lle ma hi?' meddai Maureen yn barjo i mewn i'r tŷ. 'Waeth ffes ddy miwsic heddiw ddim.'

'Ma hi 'di mynd allan,' ebe Tjeryl yn ymddangos o'r gegin.

'Diolch i'r Arglwydd, mi a' i, ta,' meddai Maureen ar un gwynt, ei chorff yn weladwy yn llacio drwyddo.

'Ta-ra,' ebe Tjeryl yn troi'n ôl i'r gegin.

'Wel wat a welcym,' meddai Maureen.

'Mam, ai dont dw ddat enimôr. Ffendio allan be 'dach chi isio drw dransleitio i'r oposut o be 'dach chi ddeud. Mae o'n brifo brên fi.'

'I lle ma hi 'di mynd?'

'Long wôc, medda hi.'

'I lle?'

'Do no!'

'Pam?'

'Pam, do no? Ta pam ath hi ffor a long wôc? Wats wudd ol ddy cwestiyns?'

''Di hi 'di holi rwbath am dy dad?'

129

'Dad? Dad? Wats wan o ddos? O! Ai no! Ecstinct sbishys. Mam, ai dont asg abowt eni dad. So, wai shwd shi?'

'Gyma i banad gin ti, ta.'

''Sach chi'n licio panad, Mam?'

'Dwi newydd ddeud, do!'

'Si wat ai min?'

''Rhen hogan Beti Myfanwy 'na eto, fydda Mam yn 'i ddeud os odd hi'n gweld ôl crio arna i. 'Moch i'n sgratjis pebl dash un tro,' meddai Maureen. 'Lutl things, de, o dy tjaildhwd di. Ti byth yn anghofio nw, sti. Nefyr fforget. A dodd hi fawr o damad i gyd.'

'Mam, ai dont rili want tw no. Ai laic hyr. Dwi yn.'

'Dim isio ti gal dy frifo dwi. Ti'n handi iddi hi. Byt wans shis gon and go shi wul bicos shi can, fyddi di ar ôl bicos iw cant. Lefft bihaind laic ddy rest of ys. Yn y bacwotyr yma.'

'Mam, wat iw tocing abowt? Nesh i mond deud ai laic hyr. Ddats ol.'

'Ddats not ol, nacdi, Tjeryl?' meddai ei mam, ei llaw ar rudd ei merch yn ceisio troi ei hwyneb i'w gorfodi i edrych arni.

Dyheai Tjeryl i'w mam adael. Nid oedd hi fyth yn galw beth bynnag. Dim ond pan oedd hi mewn trybini – 'O! Men agen, sti', neu 'Lusyn wan, de, dwi 'di cal cynnig job ond ma raid mi roid ffiffti pownd diposut down gynta. Sgin ti?'

Meddai Tjeryl: 'Ti iw sed,' yn ymddihatru o'r cyffyrddiad.

I gyfeiliant sŵn y teciall gwthiodd Maureen ddrws yr ystafell fyw ar agor â blaen ei throed. Yn y gadair lle roedd hi'n eistedd o hyd yn ei dychymyg gwelodd Catrin Evans yn edrych arni.

'Bet ydy hi, Miss Jones,' meddai wrthi. 'Be fedar unrhyw un ei wneud hefo Bet?'

Teimlodd hithau eto y piwsio emosiynol yn sibrydion yn y dosbarth: Ti'n-dew-ti'n-hyll-ti'n-thic.

Cyflwynodd Tjeryl hanner cwpanaid o de hefo mwy na'r arfer o lefrith ynddi i'w mam.

'Ai get ddy hunt,' meddai Maureen yn sbio i'r gwpan lugoer.

'Dwi'n dŵad â Bet i'r ffatri,' ebe Tjeryl, bellach yn hunanfeddiannol yn ôl.

'A fyddi di 'di tjecio hynny allan efo Mississippi Red, ai tec ut?'

'Na f'dda!' meddai Tjeryl yn edrych yn herfeiddiol ar ei mam.

Cododd Maureen ei haeliau yn gwybod y byddai mynd i ddadl â'i merch yn ofer. Ond mentrodd roi ei llaw ar ei hysgwydd, ac meddai:

'Aif olweis nown,Tjeryl. Byt shis ddy sêm êj as mi ffor gods sêc ... An shi wul go ... And iw wul ...'

'Dont now wat io tocing abowt, Mam.'

'Ies iw dw,' a rhoddodd y gwpan a'i chynnwys yn ôl i'w merch.

Yn y drws meddai Maureen: 'Gath hi riw focs gin y solusutyrs, do?'

Cododd Tjeryl ei hysgwyddau'n ddi-hid.

'Ddei gef ut tw hyr bai mustêc. Uts not hyrs. Ai ofyr hyrd. A rŵan ma nw ofn gofyn iddi hi amdano fo'n dôl. Ddy powyr of sym pipyl, ia. Mond bocs dio. Jisys!'

Y ddwy'n ffraeo eto, meddyliodd Quentin yn edrych arnynt o'r fan Bamboo House ac yn tynnu ar lawes Mei Ling, a oedd eisoes wedi agor drws y gyrrwr, i'w rwystro rhag mynd allan er mwyn gadael i Maureen fynd gyntaf. Peth gwirion iawn, fe wyddai, oedd mynd i ganol ffrae os oedd Tjeryl rywle'n agos at y ffrae honno.

*　*　*

'Manny called. Something about a visit to Mottisfont Gardens next Saturday? Wondered if you'd be back by then? Hope all's well. C x.'

Dileodd y neges.

Yr oedd hi bellach yng ngolwg y môr.

*　*　*

Teimlodd Mei Ling pan agorwyd y drws iddo o'r diwedd ei fod rhywsut wedi gwneud camgymeriad.

Edrychai'r hen ddyn yn hurt braidd arno, fe deimlai; ef yno o'i flaen yn dal dau gariyr bag am i fyny. Ond Tjeryl ddywedodd. Ac nid oedd neb fel arfer yn dadlau hefo Tjeryl.

Cymerodd yr hen ddyn y ddau fag o nwyddau oddi arno. Cynigiodd hyd yn oed dalu amdanynt. Yr oedd gwên ar ei wyneb. Teimlai Mei Ling ei fod yn hynod o ddiolchgar.

Pan ddychwelodd gwelodd ben ôl Tjeryl yn diflannu i gefn y fan.

'Tisio help?' meddai wrthi.

'Na,' ebe hi ar ei phedwar yn chwilio ymysg y bagiau. 'Things arnt in ordyr hiyr. What af iw dyn wudd ddy tw bags ffor Doris Owen?'

A! meddai Mei wrtho'i hun. Ffor Doris Owen ddudodd hi, nid ffor dors down.

'Baxters Lobster Bisque,' darllenodd Tom Rhydderch y label ar y tun yr oedd o newydd ei dynnu o'r bag a rhyfeddodd. Cofiodd am bryd o fwyd yr oedd o wedi'i gael hefo Leri un tro – lle oedd hynny? Nisien? – a *bisque* ar y fwydlen. 'Cym o! Mi lici di o,' clywodd lais Leri yn ei gyrraedd eto.

Gosododd y tun ar y bwrdd. Ac wrth iddo wneud, sylweddolodd ei fod wedi derbyn rhodd. Ar ddamwain, fe gredai. Gwyddai rhywsut nad iddo ef y bwriadwyd hyn. Gwelodd y camgymeriad yn llygaid yr hogyn ifanc. Ond na fedrai'r gŵr ieuanc, am ba reswm bynnag, gydnabod hynny. Mynnodd fod Tom yn derbyn y bagiau. Ac yr oedd hynny rhywsut yn gwneud y rhodd yn fwy o rodd. Ond yr oedd hefyd yn tanlinellu ei unigrwydd: pwy oedd yna ar ôl yn ei fywyd bellach i roddi unrhyw beth iddo? Ni feddyliodd erioed y byddai dau gariyr bag yn medru creu ynddo y ffasiwn ryfeddod, y ffasiwn ddiolchgarwch... a'r ffasiwn arswyd.

Gwthiodd ei law yn ddwfn i un o'r bagiau fel petai'n dynwared lyci dip o'i blentyndod. Teimlodd feddalwch – cig? – 'Tjops, dwi'n siŵr,' meddai. Ac ie, tjops 'achan! Ond edrychodd ar y dyddiad – rhag ofn – ar y pecyn cig. Yr oedd dyddiau ar ôl cyn y byddai'n gorfod eu taflu. Cig ffresh, hogyn! A theimlodd gywilydd oherwydd iddo amau dilysrwydd y rhodd.

Be arall sy 'ma?

'Mae'n siŵr,' meddai Tom Rhydderch fel petai'n siarad â rhywun arall yn y tŷ gwag, 'mai dyma beth ydy gwyrth bellach: lwc. Mae'n siŵr,' meddai wrth y neb oedd rhywfodd yn bresenoldeb hefyd, 'mai dyna be fu gwyrth erioed: lwc.' Ond pa air bynnag a ddefnyddid yr un oedd yr effaith: rhyfeddod a rhyfeddu.

'Ew!' meddai yn edrych drwy ffenestr ei gegin gefn, 'mae hi'n ddwrnod braf.'

A'i ddwrn yn tynhau am Pepco Finest Crab Meat.

'Ploncar,' meddai Tjeryl wrth Mei Ling, ei llaw yn llydan agored yn yr aer. 'Iw nefyr lusyn, dw iw? Ti mewn drîm wyld withia, Mei Ling.'

Y ddau ohonynt yn edrych ar y tŷ ffor dors down.

'Artichokes in Garlic Oil,' darllenodd Tom Rhydderch.

* * *

Eisteddodd Bet i lawr ar y tywod tamp.

Bron ar unwaith teimlodd y gwlybaniaeth yn treiddio drwy ddefnydd ei throwsus a defnydd ei ddillad isaf hyd at ei chroen.

Hynny oedd ei angen: rhyw gyffyrddiad hanfodol rhyngddi hi a'r ddaear ei hun er mwyn ffugio uniolaeth a chogio dileu arwahanrwydd.

Rhythm y môr ychydig lathenni o'i blaen: y tonnau rhugl, rheolaidd; rhes ar ôl rhes yn dyfod i'w gŵydd yn rhysedd o linellau llathr.

Â chledr ei llaw dechreuodd dyllu i'r tywod gwlyb.

Fel y symudai ei llaw y tywod llithrai hwnnw yn ei ôl.

Symudodd ei llaw yn gyflymach a chyflymodd y sugndywod ei ddychweliad.

Ond yr oedd hi'n benderfynol.

Turiodd yn ddyfnach. Yn fwy egnïol.

Ond yr oedd penderfyniad y tywod i'w sugno ei hun yn ôl i bob ymgais i greu ceudod yn drech na hi.

Ildiodd hithau.

Rhoddodd y gorau iddi.

A deallodd.

Deallodd bopeth.

Wedi dod yn ei hôl er mwyn lladd ei hun yr oedd hi.

Nid oedd arswyd na dychryn ar gyfyl y datguddiad. Hi ei hun yn gwbl ddigyffro.

Ar y foment hon ar y tywod penderfynodd ei hymennydd ei bod bellach yn ddiogel i ryddhau iddi o'i selerydd ei gwir fwriad yn dychwelyd adref. Oherwydd bellach, bwriad wedi mynd heibio ydoedd. Nid wyneb llawn y bwriad a welai Bet y prynhawn hwn ond ei gefn yn y pellter yn mynd yn llai ac yn llai oddi wrthi: yr oedd wedi colli ei nerth yn llwyr.

Ond bwriad ydoedd na fu iddi hi erioed ei wisgo â geiriau ac felly fedru ei fynegi. Arhosodd yn noethlymun ac yn fyngus yn ei dyfnderoedd annelwig, ond drwy'r adeg o'i fudandod llywiodd bopeth er mwyn dod â hi yma i Flaenau Seiont yn ôl a gwireddu ei hun. Hi drwy'r adeg yn gyrru pethau, hynny a feddyliodd; ond ar gledrau yr oedd na wyddai ddim amdanynt. Fel yr ydym weithiau mewn trên yn symud ond llonydd ydym oherwydd y trên arall wrth ein hymyl sy'n mynd yn ei flaen. Hi benderfynodd ddychwelyd i Gymru – ai e? – a phenderfyniad ydoedd o un safbwynt, ac o un ffordd o ddweud, ond yr oedd rheiliau wedi mynd yno eisoes ymhell o'i blaen cyn iddi hi hyd yn oed 'ddarganfod' mai hyn oedd ei 'hangen' mawr. Ac unwaith y byddai'r bwriad creiddiol, cêl, dieiriau wedi ei chael i'w chynefin yn ôl medrai ddiosg oddi amdano bob 'rheswm' arwynebol a roddasai hi dros ei dychweliad – y pethau a ddywedai wrthi hi ei hun ac wrth eraill: yr angen am ei mamiaith er mwyn medru galaru'n 'iawn'; 'cael bod yn nhŷ Anti Catrin eto ...' a phethau eraill sentimental fel yna y mae galar yn dueddol o glosio pobl tuag atynt – fe dorrai argae tenau y pethau rhesymol a dealladwy hyn, llifo i'w hymennydd un min nos, gorlifo o fewn yr awr ei holl ewyllys i wrthwynebu, a'i difa yn y fan a'r lle cyn i'r cloc daro'r awr hyd yn oed. Rhyw funud neu ddau. A phopeth ar ben.

Ond nid hynny a ddigywddodd.

Yr oedd hi yma ar y tywod tamp. A'i thin yn foddhaol wlyb. Pam? Sut?

Fel petai rhyw Na! anferthol i fywyd wedi baglu yn ei hyrddio'n enbyd i'r wyneb o'i dyfnderoedd ar draws Ie! bychan ond gwydn, maint carreg lefn, gan ddrysu am eiliad ei hynt a'i fwriad a galluogi Gobaith, fythol heini, i ddianc drwy adwy chwinciad a lledu ei hun i'w meddiannu.

Yn aml, nid oes rhwng marwolaeth a bywyd ond eiliad. Eiliad ddirgel yn ein dirgelion, ac ni wyddom ni ddim amdani ond rhyw deimlad annelwig maes o law ac yn ddiweddarach ein bod ni wedi croesi ffin, a rhywsut wedi goroesi, i le holliach. Fod Armagedon wedi digwydd o'n mewn ond nad ydym ni wedi teimlo fawr ddim mwy na rhyw gosi lled annifyr ar gefn ein llaw, neu gric yn ein gwar. Ar adegau o'r fath hwyrach – hwyrach – y dirnadwn nad ni sy'n byw fel y tybiwn, ond mai cael ein Byw yr ydym.

A dechreuodd Bet wylo.

Ond nid dagrau tristwch oeddynt. Dim o gwbl. Ac o blith y dagrau daeth enw.

Tjeryl.

Ger y wal uwchben y traeth yr oedd dyn yn edrych arni.

* * *

Yr oedd ei thrwyn bron yn y gwydr, yr hen wraig a eisteddai'n ddyddiol yn edrych drwy ffenestr ei fflat, yn rowlio cornel ei hances boced byth a beunydd rownd ei bys ac yna ei dadrowlio.

Edrychodd ar yr hogyn ieuanc yn dyfod ar hyd y llwybr rhwng y tai yn y stryd o'i blaen. Gwyddai pwy ydoedd oherwydd bu yn ei dacsi ddwywaith, dair yn mynd i'r clinic am ei tjec-yp.

Hen hogyn bach digon clên oedd o hefyd; yn sôn byth a beunydd am 'i hogan fach y byddai'n cael ei gweld un Sadwrn o bob mis. O'r tu ôl iddo, fel o nunlle, sylwodd yr hen wraig, daeth geneth ieuanc. Trawodd yr hogan ysgwydd yr hogyn. Wrth iddo droi i edrych pwy oedd yna gwthiodd yr hogan yr hogyn yn erbyn talcen y tŷ, ei braich o dan ei ên yn pwyso i'w wddf. Dywedodd rywbeth wrtho. Cododd ei phen-glin i'w daro rhwng ei goesau. Trawodd ef yn ei wendid. Rhyddhaodd ei braich a gadael iddo lithro i'r llawr. Cerddodd yr hogan yn hamddenol yn ôl ar hyd y llwybr. Yn y man cododd yr hogyn a cherdded yn arafach na chynt yn ei flaen. Eurgain oedd enw'r hogan fach, cofiodd. Rowliodd yr hen wraig gornel ei hances am ei bys a throi i'r chwith ac i'r dde i edrych beth arall, dybed, a welai hi y min nos hwn.

* * *

Yr oedd y wraig o'i blaen yn dal, yn denau, yn ddu ac yn cydsymud â hi. Stopiodd Bet ac felly stopiodd y wraig.

Trodd rownd ac wrth reswm nid oedd y wraig arall yna, dim ond rŵan o'i blaen yn yr awyr liwiau – oedodd, oherwydd ni wyddai'r gair Cymraeg – *garish* y machlud.

Nid yw natur bob amser mor hardd â hynny, meddyliai; weithiau mae rhywbeth hollol OTT amdano.

Felly'r machlud hwn o'i blaen. *Garish*, beth bynnag oedd y gair Cymraeg, ydoedd. Rhyw *boudoir* rhemp yn yr awyr: lliwiau lipstics rhad, masgaras wedi rhedeg, ôl farnais gwinedd – disgwyliai glywed arogl *pear drops* ar y gwynt. Yr haul wedi gwasgu ei hun yn wefusau ceg sws fflamgoch, hwraidd bron, os gweddus dweud. Ych-a-bych, meddai Bet yn troi rownd yn ôl oddi wrth y sioe powdwr a phaent a gadael i'w chysgod hirfain ei harwain yn ôl i Flaenau Seiont dros bont yr afon.

* * *

Edrychodd Tom Rhydderch ar ei blât swper. Trodd y tjops fel bod coes un am i fyny a choes y llall am i lawr i ddynwared dyfynodau. Â'i fforc gwthiodd y tameidiau artisiog rhwng y tjops i edrych fel tameidiau o lythrennau; hieroglyffau, debycach.

'Bwyd-lên,' meddai'n uchel.

A chwarddodd.

A chofiodd fel y bu ynddo'r blys flynyddoedd yn ôl i ysgrifennu nofel – chwarddodd eto – nad oedd hi'n ddim byd ond synau drwyddi draw: stori fer hir efallai; stori fer, mae'n debyg. Rhyw fath o waedd-iaith.

Yr oedd hynny wedi hen fynd heibio.

Daliodd tjopan â'i fforc a gwthio'i gyllell i'r cig ac O! brau. Yr oedd o wedi gofalu gadael i'r braster grimpio ychydig, yn wir, gydio mewn mannau; nid du drosto ond yma ac acw ar hyd yr ymylon.

Pwy gythraul sydd angen llenyddiaeth pan mae gynnoch chi tjops fel hyn?

Blaenoriaethau! Blaenoriaethau, mistar.

*   *   *

Edrychodd o'i gwmpas yn frysiog, wedyn â symudiadau chwim a chyflym ei ffelt-pen gosododd fwstásh Hitler ar wyneb Adam Tattersall ar y poster UKIP. Edrychodd o'i gwmpas drachefn a diflannodd.

*   *   *

'... fel y dywedir wrthym ni, cafodd y disgyblion weledigaeth ...', ac ar ganol ei frawddeg edrychodd yr Athro Thomas i gyfeiriad y llenni caeedig, codi o'i sedd yn y cylch, y brodyr a'r chwiorydd yn edrych arno yn ddisgwylgar, eiddgar iddo fynd yn ei flaen; Norah, wrth gwrs, wedi dirnad fod rhyw gynnwrf wedi cydio yn ei thad i'w atal.

Gwahanodd yn dyner â'i law y llenni ac fe'i gwelodd yn y gwaelodion, yn union fel y tybiodd, yn edrych i fyny at y tŷ.

Meddai, yn parhau i edrych arni:

'... gweledigaeth o Iesu wedi ei weddnewid ar y mynydd yn glaerwyn ei gorff a'i wedd.' (Na, ni byddai'n mynychu'r cylch, fe wyddai.) 'Y camgymeriad oedd meddwl mai gweledigaeth oedd hi.' (Yr oedd gafael y Ffalster yn rhy gryf arni. Er ei bod yn un o'r rhai, fe wyddai'n iawn, a ddewiswyd.) 'Fel yna yr oedd o drwy'r adeg ond na fedran nhw weld hynny. Ac fel ef, felly ninnau. Mi rydan ni i gyd mewn cyflwr o Ogoniant. Yn wastad. Yn barhaol. Pob awr o bob dydd. Mae pawb yn llathru. Pawb.'

Gwelodd Bet yn camu'n ôl i'r cysgodion. 'Beth welwn ni pan edrychwn ni ar ein gilydd?' Trodd yntau i wynebu'r cylch; y gadair a oedd wedi ei gosod ar ei chyfer nid yn wag, gwelodd yr Athro, ond yn disgleirio. Y cylch cyfan yn wynias, olau.

Camodd Bet yn ôl i'r cysgodion. Nid oedd am gael ei gweld yno ar y pafin dan olau rhy gynnar y lamp stryd yn edrych i fyny at y tŷ.

Ni wyddai pam yn iawn yr oedd hi wedi mynd o'i ffordd heno i gyrraedd y tŷ hwn a'i ddeiliaid hanner call. Tybed iddi ddod yma ar ôl digwyddiadau ei dydd i rybuddio ei hun pa mor fregus yw rheswm a rhesymoliaeth ac na ellir fyth gymryd yn ganiataol y byddant yna i arwain cymdeithas i gyfeiriad y gwâr a'r gwell? Ac y medr y mwyaf rhesymol ei dueddfryd heddiw, rhywun fel ei hen athro, syrthio ar ei ben yfory i gors lol botes maip. Yr oedd hi angen teimlo ias ddifaol y syrthio hwnnw. A dirnad nad oes gwarant o fath yn y byd y bydd y da yn aros yn dda, y trefnus yn parhau mewn trefn, a'r rhesymol o oes i oes yn cadw ei le.

Ond meddiannwyd hi yn y cysgodion gan ias ddyfnach na'r llall, a pheryclach: mai wedi dod yma i *gael* ei hansefydlogi yr oedd hi. Fod rhywbeth ynom sy'n fwy na pharod mewn cyfnodau neilltuol i daflu dros y dibyn y pethau y gwyddom ni yn iawn eu bod yn ein cadw'n saff a diogel a chofleidio yn eu lle bethau'r Fall. A bod yn yr afresymol rywbeth sydd o hyd yn medru ein llygad-dynnu, a rhywsut ein diwallu'n *fwy* na'r beunyddiol dibynadwy a diogel. Fod y direswm yn ein gwead. Yno i aros. Ac y byddwn ar adegau nad oes dichon wybod yn iawn pryd, er gwybod yn iawn yn wahanol, yn dewis ffiloreg bron bob tro.

Y mae'r peth yn anhygoel, meddyliodd. Mor anhygoel â chredu y medrir gweld y dyfodol ym mhatrwm dail te yng ngwaelod cwpan. Neu osod cerdyn ar ben cerdyn i ddatgelu gweddill eich bywyd. Ond hynny a wneir... ac a wnawn. Ar brydiau dychrynllyd.

Gwelodd agen yn y cyrtans yn cau ar fyrder.

Gadawodd. Y palmant yn teimlo dan ei thraed fel petai wedi ei greu o ddefnydd gwe.

'Gogoniant,' meddai'r Athro â'r didwylledd mwyaf, yn eistedd yn ôl yn y cylch araul. Pawb yn dal dwylo. Wyneb y naill i'r llall wedi ei lwyr weddnewid.

Brysiodd Bet ar hyd y cei. Y môr piwtar wrth ei hochr yn y cyfnos. Yr haul bellach yn ddim ond un llinell fain, goch fel gwefusau tyn, tenau hen fursen. Rhwbath difarw.

Cyflymodd Bet ei cherddediad.

* * *

Dobiodd Adam Tattersall ei ddannedd â'i feiro, nes peri iddo feddwl fod cloc yn tician yn ei geg; papur newydd ar ei lin; un gair ar ôl i gwblhau y croesair; 'An appearance of truth or reality,' darllenodd eto y cliw; pedair llythyren ar ddeg, pedwar blanc ac *S*, tri blanc ac *L*, pum blanc; pan ddaeth Quentin i mewn i'r dafarn.

'What do you want?' meddai'n sefyll o flaen ei dad.

'Hello, Dad!' ebe Adam yn hanner cellweirus. 'How nice that you wanted to have a drink with me.'

'What do you want?' ailadroddodd Quentin.

'Well, what about you sit down? I'll get you a drink ...' Edrychodd ar ei hanner ei hun a gwelodd mai cegiad yn unig oedd weddill, 'and another for me, and then I'll tell you.' A chododd.

'What do you want?' ebe Quentin drachefn, ei law yn erbyn ysgwydd ei dad i'w rwystro rhag mynd at y bar.

Yr oedd y ddau a oedd wrth y bar eisoes wedi troi i edrych i'w cyfeiriad.

'What happened to your face?' meddai Adam wedi iddo sylwi ar y clais ar wyneb ei fab.

'Fell off my bike. Now what do you want?'

'That's ...' cychwynnodd Adam ei ddweud wrth weld dros ysgwydd ei fab, drwy'r ffenestr, Bet yn mynd heibio.

'What?' ebe Quentin yn troi.

'Just sit for a mo ... Please. Won't take long,' meddai Adam yn eistedd.

Edrychodd Quentin ar ei dad a phenderfynodd eistedd.

Gwenodd Adam arno a thynnodd amlen o blygion y papur newydd a'i gwthio ar draws y bwrdd i gyfeiriad ei fab.

'For you,' meddai.

Edrychodd Quentin ar yr amlen ac wedyn ar ei dad. Pwysodd flaenau ei fysedd ar yr amlen. Edrychodd eto ar ei dad. Gwyddai fod ynddi arian sylweddol. Gwthiodd hi'n ôl i gyfeiriad ei dad.

'It's not what you think,' ebe Adam yn ei gwthio'n ôl eto fyth.

'I know you're at it again. Don't lie. And that you go to the meetings and lie to them too. You're unbelievable, Dad. You always have been. Unbelievable.'

'Believe me this time. This is my own money. I've been saving it. It smells of me, not of horses or dogs. It's for your charity work. I know all about your charity work. I've seen you. I'm proud of you. Let me be proud of you. Please.'

A daeth i feddwl Quentin y byddai ... edrychodd ar yr amlen ... ac o gyflwyno tomen fel hyn o bres iddi ... o ba le bynnag y daeth ... be oedd yr ots? ... oedd ots? ... hwyrach ... cododd.

'You're full of fucking shit, Dad,' meddai.

Ac allan â fo.

Yr amlen yn dal ar y bwrdd.

Gwenodd Adam ar y ddau ddyn a oedd yn dal i edrych i'w gyfeiriad. Trodd y ddau eu golygon oddi wrtho. Un ohonynt yn dal ei fys ar ei wefus o dan ei drwyn i ddynwared mwstásh, mae'n debyg. Y ddau yn chwerthin wedyn i'w diod.

Gan barhau i wenu, cododd ei bapur a'i feiro. Dobiodd y feiro ar y croesair.

'Success!' meddai yn y man.

A llanwodd weddill y lleoedd gweigion:

V E R I   I M I   I T U D E

*   *   *

'Quentin!' clywodd Bet Tjeryl yn ei weiddi o waelod y grisiau pan ddaeth i mewn i'r tŷ.

'Waeth ti heb,' meddai Bet wrthi gan gau'r drws, 'mae o yn y dafarn. Welis i o'n mynd i mewn lai na deng munud yn ôl.'

'Wats wudd ddy ffamuliar ol of a sydyn? "Chi" dwi 'di bod tan rŵan.' A throdd Tjeryl i'w hwynebu.

Cododd Bet ei llaw a chyffyrddodd foch Tjeryl â blaenau ei bysedd yn ysgafn iawn.

'Is ocê,' meddai Tjeryl yn dynesu ati.

Hyrddiwyd y drws ffrynt ar agor ac i gefn Bet nes ei gwthio'n erbyn Tjeryl ac aeth Quentin heibio'r ddwy.

'Cerffwl!' ebe Tjeryl yn cydio yn ei arddwrn i'w rwystro rhag mynd i fyny'r grisiau. Cyffyrddodd â'r clais ar ei foch ac meddai wrtho: 'Ut wont hapyn agen. Ai wyrcd ut owt. Uts sorted. So câm down.'

'Nid hynny dio, naci,' meddai Quentin yn rhyddhau ei hun ac yn llamu i fyny'r grisiau.

''Dan ni'n mynd in ten,' gwaeddodd Tjeryl ar ei ôl. 'A ti'n dŵad hefyd,' meddai wrth Bet.

'Dŵad i lle?' holodd Bet.

'Ffatri!'

*   *   *

Yn y gwaelodion wrth iddi ddod allan o'r fan Bamboo House, hi a saith arall, tri nad oedd hi wedi eu gweld erioed o'r blaen, edrychai to igam-ogam y ffatri, goleuni'r lleuad hyd-ddo yma ac acw, fel tonnau'r môr yn yr eiliadau ymddangosiadol ddisymud rhwng ymchwydd a gostwng. Môr metel, meddyliodd. A'i hatgoffodd o lun a welodd un tro. Piper? Nash?

Sylwodd wrth deimlo blaen ei throed yn cyffwrdd y llawr, a rhywun yn cydio yn ei braich i'w helpu, fod y tair seren ar hytraws yng nghysawd Orion – a chofiodd yr enw: y tri brenin – ac ochr un o bigau'r to i gyd mewn un llinell.

'Wps-a-deisi,' meddai'r bachgen ieuanc oedd yn cydio yn ei braich wrthi.

Wfftiodd Bet ei help – ydy o'n meddwl 'mod i'n hen neu rwbath? – llabed ei flazer – ia! *blazer* mewn lle fel hwn – yn llawn badjis, a Badjis oeddan nhw'n 'i alw fo'n y fan – pam, tybed? – ac ysgydwodd ei braich yn rhydd. Yr oedd Tjeryl wedi gweld ... ac yn gwenu. Y math o wên sy'n tasgu o gynhesrwydd mewnol y darganfyddir ef yn unig yn y weithred o wenu fel petai'r effaith yn sydyn wedi creu ei achos ei hun.

Byr fu'r wên. Gwelodd Tjeryl yn y pellter Mississippi Red yn dyfod allan o'i Land Rover.

Yr oedd Tjeryl wedi penderfynu eisoes ar y ffordd yma y byddai'n cael y gwaethaf drosodd gyntaf pe deuai'r cyfle. Daeth y cyfle. A rŵan amdani.

'Ty'd,' meddai wrth Bet. 'Roswch,' meddai wrth y lleill.

Gwelodd Bet ei bod yn cael ei ledio i gyfeiriad rhyw ddynes hollol goch oedd newydd ddod allan o Land Rover. Nid cweit Vivienne Westwood efallai, meddyliodd Bet o'r pellter oedd rhyngddynt, ond digon agos, meddyliodd drachefn, wrth i'r pellter fyrhau.

A hithau o fewn ychydig lathenni i'r cochni pur sylweddol o'i blaen, cynigiodd y gair 'cyrtans' ei hun: cyrtans coch ar ddiwrnod gwyntog a'r ffenestri'n llydan agored.

Mae'n rhaid fod yr un goch wedi gwyro ei phen, oherwydd o flaen Bet yr oedd haul ffyrnig yn machlud; haul diwedd y byd.

I rywun hefo llai o ddychymyg cantel a chorun het ydoedd.

'Hon 'di ...' dechreuodd Tjeryl ar ei hesboniad o flaen y gochan.

'Pwy?' dywedwyd wrth i het Machlud y Dyddiau Diwethaf symud am i fyny'n araf ac i wyneb bychan ddyfod i'r fei, wyneb porchell, maddeuwch i mi ddweud, meddai Bet wrthi ei hun.

'Bet,' ebe Bet.

'Pwy?' dywedwyd drachefn, yn amlwg yn hawlio ateb oddi wrth Tjeryl.

'Bet,' ebe Tjeryl.

'B-e-t,' ailadroddwyd gan lusgo'r enw fel petai lastig rhwng pob llythyren.

'Ma'n dda gin i'ch cwarfod chi, Mrs ...' Camodd Bet i le eitha annifyr ... annifyr? ... bygythiol? ... digrif? ... rhwng Tjeryl a'r wraig goch.

'Mrs!' dywedwyd, 'Mrs!' a chwarddwyd yn uchel, yr holl gorff yn gwafars o gochni.

Ia, cyrtans, penderfynodd Bet.

'O lle?' gofynnwyd; cantel yr het yn cyffwrdd talcen Bet; y trwyn, meddyliodd, yn crychu.

'Romsey,' ebe Bet ar ei hunion.

'Rome Sea,' ynganwyd.

'Chitha?' ebe Bet yn magu plwc.

'Fi!' dywedwyd. 'O fan'cw, cariad, *via* Jameica. 'Nhad o Kingston, medda fo. Dŵad ar long i Lerpwl a shiprecio rhwng coesa Mam un nos Sadwn stormus o feddw rwla rhwng Byrcinhed a Brynsiencyn ... Ydy hi'n dweud y gwir?' dywedwyd a throwyd at Tjeryl.

'Thinc so,' ebe Tjeryl.

'Thinc so! Thinc so! Tjeryl Jôs, ti'n gwbod y rŵls. 'Sa neb yn dŵad i'r ffatri ond drw infiteshyn gin i. Fela ma hi. Fela bydd hi. Dyna sud dan ni'n meinteinio y seciwriti. A dwi'n gwbod, y ditw fach, dy fod ti'n meddwl ma' chdi bellach ddylsa fod yn rhedag petha, a bod 'na rei erill hyd lle 'ma'n meddwl 'run peth. Dwi ôl îyrs, 'mach i. Ond fela ma hi. A fela bydd hi. Be ddigwyddodd i'r llall 'na driodd rwbath fel hyn o'r blaen, dwa? Ma nhw'n dal i chwilio amdani hi, dwi meddwl. Mississippi Red mêcs ddy rŵls, Tjeryl Jôs. Thinc so! Thinc so! ... O! Rhowch 'ch braich i mi, ddynas,' dywedwyd wrth Bet. 'Clyma chwithig,' esboniwyd.

Teimlodd Bet holl bwysau coch y blaned hon o wraig yn gwthio ei braich a'r gweddill ohoni i'r llawr, bron.

''Na welliant,' dywedwyd; Bet a hithau yn sythu eu hunain ar yr un pryd. 'Wela i chi mewn ta.'

Edrychodd y ddwy arni'n mynd i gyfeiriad y ffatri, yn siglo o ochr i ochr fel dybl decyr yn arafu'n gryndod o symudiadau i fynd dan bont isel, meddyliodd Bet.

'Ffiw!' ebe Tjeryl. ''Sa neb yn medru deud 'n iawn os ma' peryg ta boncyrs ydy hi. No wan nows, de.'

'Ond mi soniodd am riwin y mae pawb yn chwilio amdani hi o hyd,' meddai Bet.

'Na-a,' ebe Tjeryl, 'ma'r hogan honno'n Man-tjestyr ar y gêm. Efriwan nows.'

Ond ni allai Bet anghofio fod Tjeryl wedi gwasgu ei llaw yn dynn iawn pan oedd Mississippi Red yn mynd drwy'i phethau. A dyna pryd y sylweddolodd fod y ddwy yn dal dwylo o hyd ac wedi gwneud ers meitin.

Dechreuodd Tjeryl deimlo rhyw ryddhad. Yr oedd hi wedi meddwl ...

'Sbia ar rheina'n fan'na,' meddai wrth Bet am Quentin a Mei a'r lleill oedd wedi aros yn eu hunfan fel y dywedwyd wrthynt am wneud ac yn edrych ar y ddwy'n dyfod yn ôl i'w cyfeiriad, 'mor obidiynt ydyn nhw.'

'Deud 'tha chdi,' sibrydodd Mei Ling i glust Quentin.

A chododd Quentin ei ysgwyddau ac 'Ocê?' gofynnodd i Tjeryl pan ddaeth hi o fewn clyw.

'Thinc so,' atebodd.

A hithau ar fin amneidio arnynt i gyd i'w dilyn at y ffatri trochwyd hwy gan oleuni.

'Jisys!' gwaeddodd Tjeryl.

Diffoddwyd y goleuni a gwelwyd Charlie mewn goleuni llai tu mewn i'r fan Pepco yn chwifio'i law arnynt ac yn gwenu'n gellweirus.

'Dont dw ddat, Tjarli,' gwaeddodd Tjeryl. 'Iw nefyr no ...'

'Give us a hand, you lot,' ebe Charlie yn neidio o'r cerbyd ac yn cerdded tuag atynt.

Wrth eu gweld i gyd yn y fan honno, eu breichiau am i fyny i dderbyn y cariyr bags llawn nwyddau, o'r cyrion, bron, wrth eu hymyl ymdeimlodd Bet â'u diniweidrwydd. Y math hwnnw o ddiniweidrwydd sy'n llawer rhy agos ar brydiau i naïfrwydd nad yw'n ymwybodol o gwbl – ond a oedd yna ryw lun ar 'fendith' yn yr anwybodaeth yna, meddyliodd – o'r grymoedd allanol, didostur – economaidd yn eu hanfod, a'r awch di-ball am elw i ychydig dethol yn eu gyrru gan gogio bach ar yr un pryd eu bod ar gyfer pawb ac yn llesol i'r mwyafrif – sy'n ddyddiol yn cnoi pobl fel hyn ac yn eu poeri allan yn dameidiau i'r gwterydd sy'n llifo'n barhaus i byllau diwaelod difancoll. Camodd Bet i'w canol – oherwydd hynny oedd ei dyhead – ei breichiau hithau am i fyny i dderbyn dau fag Pepco oddi wrth Charlie.

'Ah! The Waitrose woman,' meddai wrth roi'r bagiau iddi. 'Got her claws in you, did she?' meddai'n nodio ei ben i gyfeiriad Tjeryl; Tjeryl yn wincio arno ac yn troi i edrych yn sydyn ar Bet: rhyw lewc fechan, annwyl.

'Thinc so,' ebe Bet y ddynwaredwraig, dagrau'n cronni yn ei llygaid, y tristwch yn enfawr yn ei chalon oherwydd ei bod yn gwybod, er gwaethaf ei dymuniad i'r gwrthwyneb, ac er ei bod yn eu canol rŵan, nad oedd hi yn un ohonynt ac na fyddai fyth. Yr oedd hi yn rhan o'u gormes. Ac yn perthyn, licio neu beidio, i'r ochr arall.

'On wi go!' gwaeddodd Tjeryl yn eu martjo i lawr i gyfeiriad y ffatri, Bet yng nghefn y rhes; rhes oedd yn siffrwd symud wrth i'r cariyr bags daro'n erbyn coesau'r cludwyr: tsi, tsi, tsi.

Beth petai Charles yn medru ei gweld rŵan, meddyliodd ... Neu ei ffrindiau? ... Jas a Russ; Contie a Rick; Jools a Harry;

Judes a Larry K; Heidi a Dom. 'Good god, Lizzie, what's going on?' A ddigwyddai yn eu crebwyll cyfforddus, pe gwelent hi, yr hyn a alwai Charles – un o'i ymadroddion goraml – yn 're-evaluation of the facts'?

'Knew you'd do something daft like this one day, Mum,' clywodd lais Alex yn ei ddweud wrthi.

Ni chynhyrfodd o gwbl wrth glywed ei lais ... yn dweud rhywbeth newydd wrthi.

'Did you now!' meddai hithau yn ôl ... yn ei gyfarch yn eu presennol.

Teimlodd law yn gwthio'i phen am i lawr yn dyner.

'Watch your head there,' ebe Charlie wrthi, a hithau heb sylweddoli hynny wedi cyrraedd rhyw agorfa ddisylw ac isel yng nghefn yr honglad hwn o adeilad. 'What's your name by the way? Can't be calling you Mrs Waitrose for ever and a day, can I now?'

'Bet,' meddai wrtho yn plygu i fynd drwy'r drws, ac unwaith yr oedd hi i mewn sythodd ei hun a throi ato i'w wynebu. 'It's Bet.'

'Pleased to meet the real woman,' meddai yntau'n ôl.

'Where to now?' oherwydd sylweddolodd fod pawb arall wedi diflannu i rywle.

'Follow me,' meddai. 'I think you may have the cheese in there,' ac edrychodd yn ei bagiau. 'The cheese!' meddai. 'They love their cheese, this lot.'

'Charlie,' mentrodd Bet, 'what of the woman in red?'

'Well, thereby hangs a tale as they say,' meddai. 'This way.' Dilynodd Bet ef.

Wrth i'w llygaid gynefino â'r tywyllwch gwelodd o boptu iddi ysgerbydau peiriannau. Ar y chwith, rhywbeth oedd yn fetel asennog. Ar y dde, dur danheddog mewn penglog o gysgod.

Yr oedd cael gwaith yn y ffatri hon, cofiodd ... yn clustfeinio ar sgyrsiau pobl mewn oed yn ei phlentyndod, yn gwarantu dyfodol heb ddiwedd iddo: dyfodol oedd yn cynnwys Ford Cortina o leiaf, Hotpoint a sbin draiyr, a theledu ... O! 'Rioed!

Ti 'di cal un? ... lliw. A rhai hyd yn oed yn mynd abroad. Lle ma Abroad, Anti Catrin?

Clywodd eco cnocio'n trafeilio drwy bibell – edrychodd – uwch ei phen.

Yn hongian, gwifrau fel gwythiennau ar gefn llaw hen.

Gallai daeru fod rhywbeth byw wedi neidio dros ei hesgid.

Dechreuodd siâp tywyll Charlie o'i blaen oleuo ar hyd ei ymylon.

Ymffurfiodd yr hyn a ymdebygai'n gyntaf ar ei chlyw i sŵn ffrio yn bendantrwydd lleisiau.

Goleuwyd Charlie'n gyfan gwbl.

Dilynodd hithau ef i mewn i'r goleuni.

O'i blaen yr oedd nid llai na hanner cant o bobl, mwy mae'n debyg, oherwydd ni fu hi erioed yn un dda am gyfrif: clwstwr bychan fan yma, clwstwr mwy fan acw, deuoedd, trioedd, rhai'n eistedd, rhai'n sefyll. Rhywsut teimlodd ei bod yn cael ei llygadu.

'Put your bags on there,' meddai Charlie wrthi. 'Someone will see to them.'

Gwelodd o'i blaen nid byrddau fel y cyfryw ond meinciau metel a berthynai ar un adeg i'r cyfnod pan oedd y ffatri hon yn fwrlwm o waith; feis agored yn dal yn sownd wrth ambell fainc. Arnynt heno, yn lle tŵls, yr oedd gloddest o fwyd 'benthyg' Pepco.

Yr oedd y sŵn o'i chwmpas o'r math a glywir wrth ddynesu at gwch gwenyn. Meddyliodd iddi glywed: 'Honna 'di hi!' yn cael ei ddilyn yn syth gan: 'Ych-a-fi!' Ond pwy a wyddai?

Dechreuodd Bet dynnu'r cawsiach o'r bagiau – cododd ei haeliau pan welodd y Roquefort – a'u trefnu'n gwafar patrymog digon derbyniol, meddyliodd.

Dechreuodd ddarllen y labeli yn ei threfniant ... yr oedd yn gwneud hyn i gyd, deallodd, oherwydd ei bod yn hollol ar ei phen ei hun. Lle roedd Tjeryl? Edrychodd amdani. Ond nid oedd golwg ohoni yn unman.

Gwelodd Mississippi Red yn gwibio'n fawr, yn hyrddiadau

o gochni, yn chwedl o wraig, o un twr o bobl i'r llall, a phwyntio at y meinciau bwyd â rhywbeth a ymdebygai i ... sbanar? ... sgriwdreifar? Fe'i clywodd: "Stynnwch! 'Stynnwch!' ... ffrensh stic ydoedd, gwelodd Bet.

'Roswch chi rŵan, dwi'n 'ch nabod chi, chwylia i byth,' meddai llais o'r tu ôl iddi a theimlodd Bet ryw dro yn ei stumog.

Wedi iddi droi, yno roedd hen wraig fwyn yr olwg ac annwyl ei gwedd yn parhau i siarad:

'Tydw i ddim, chi! Ond mae o'n ffordd o ddal rhiwin, tydy o? Ac yn 'ch achos chi cal ista lawr am y cwmpeini. Dowch i fama!'

Lediodd yr hen wraig hi at ddau focs metel, wyneb i waered, clustogau ar y ddau. Fel petaent ... oherwydd nid oedd gan Bet gof iddi eu gweld ynghynt.

'Steddwch. 'Di dŵad am y sgram 'dach chi? 'Di dŵad hefo Tjeryl, 'ndo? Hen hogan iawn 'di Tjeryl, 'dach chi ddim yn meddwl?' (Deallodd Bet nad sgwrs rhwng dwy fyddai hon ac mai yno'n unig i wrando yr oedd hi; gwranado ar hen wreigan hoffus oedd yn byw ar ei phen ei hun, mae'n debyg, mewn tawelwch a'r tawelwch hwnnw fel y byrhâi'r dydd yn troi'n fudandod affwysol.) 'Ia, hen hogan iawn. Er cofiwch ...' (Cododd yr hen wraig ei haeliau ar Bet.) 'Fuo fi'n byw, chi, yn y tŷ ma hi yno fo rŵan pan odd 'i mam hi'n rhedag hôm o 'no. Mond i sylect ffiw, 'nte. Tair ohonon ni. Ond fuo raid ni adal yn sydyn un bora Gwenar. Rwbath hefo regiwleishyns. Be newch chi, 'nte? Ond mi wyddwn am y tŷ 'nghynt, chi.' (Pletiodd yr hen wraig ei gwefusau.) 'Fi oedd pardnar whist Miss Evans odd 'n byw yno. Oddan ni'n dwy'n regiwlars yn y whist draifs, Catrin a fi.' (Edrychodd ar Bet, ei thafod yn hongian o'i cheg.) "Nenwedig cyn Dolig a'r preisys yn well o beth diawl.' (Gwyddai Bet lawer am ei Modryb Catrin, ond dyma'r tro cyntaf iddi glywed dim am ei gallu i chwarae whist.) 'Symud 'i meddwl hi, 'nte, oddi wrth yr hen nith 'na odd gynni hi. 'Na chi hen jarffas odd honno. Mynd hefo'r wal pan odd hi ddim o beth a rhy neis yn diwadd i sychu'i thin.' (Gwnaeth yr hen wraig annwyl hon lygaid bach ar Bet. Arhosodd Bet yn hollol ddigyffro.) 'Doedd plant erill 'im yn 'i licio hi, chi. Rwbath amdani hi, ma raid. Cal cartra da hefo Catrin pan lyncodd 'i mam hi wenwyn llygod mawr. Dyna oedd y sôn.' (Ei thafod eto yn hongian o'i cheg.) 'Gath fabi yn yr Ocs Afford 'na a hitha'n gneud riw syrtj am rwbath neu'i gilydd. A Catrin yn prowd. "Hogan Ann," fydda hi'n 'i ddeud, "Hogan Ann." Ediwceshyn, te. Ediwceshyn. Be newch chi!' (Edrychodd yr hen wraig i fyw llygaid Bet. Fel petai yn ei diffeio i ddweud rhywbeth. I ymateb i beth wyddai Bet oedd yn gelwydd noeth. Neu o leiaf ... yn hanner y gwir. Â medr hen bobl i ddweud y pethau mwyaf brwnt dan gochl esgus henaint a'u disgwylgarwch ar yr un pryd y byddant yn cael eu hesgusodi oherwydd yr henaint hwnnw. Nid oedd Bet wedi gweld erioed fawr o ddoethineb, y doethineb diarhebol, mewn henaint ond yr oedd hi lawer tro wedi profi cieidd-dra yr henaint hwnnw. Pwy, meddyliai, oedd wedi trefnu y cyfarfyddiad hwn rhyngddi hi a'r hen gnawes hon o'i blaen? Wedi ei dal roedd hi. Addunedodd na fyddai'n dweud gair.) 'Oddach chi am ddeud?' (Gwenodd Bet arni. Gwenodd hithau'n ôl: y math o wên y byddai'r gair 'cyllell' yn ei disgrifio'n well na'r gair 'haul'.) ''Dach chi'n licio wîd?'

'Wîd?' meddai Bet yn torri ei hadduned.

''Dach chi'n 'i smocio fo. Hwn,' a thynnodd sbliff o'i bag a'i thanio. Drachtiodd y mwg.

'Mae o rwla,' meddai gan anadlu'n ddwfn, 'rhwng morio'i hochor hi ganol cymanfa ganu stalwm a chal 'ch mela am y tro cynta 'rioed. Mae o lyfli. Trïwch o.'

Teimlodd Bet ei hun yn cael ei chodi gerfydd ei garddwrn.

'Ewadd, 'rhen Tjeryl,' meddai'r hen wraig.

A sylweddolodd Bet ei bod yn cael ei llusgo ar draws y llawr gan Tjeryl.

'Lle ti 'di bod?' meddai Bet wrth Tjeryl gan dynnu yn ei herbyn i'w rhwystro rhag mynd ymhellach.

'Ffiw things tw sort owt, ddats ol,' ebe Tjeryl, 'an dden ai so iw tocing tw ddat wman.'

'Gwrando oeddwn i. Hi oedd yn siarad,' meddai Bet. 'Pwy 'di hi?'

'Un o lyfftenants Mississippi. Shi ffuls ddy gaps in pipyls laiffs.'

'Hefo be?'

'Feriys trwths,' atebodd Tjeryl.

Dirnadodd Bet ei bod mewn lle nid rhwng y gau a'r gwir – roedd hwnnw'n lle eglur ac yn lle clir – ond mewn man ymhle y medrid rhoi'r hyn a ymdebygai i ffaith yn sownd wrth ffaith honedig arall i ddweud un math o wirionedd, ac ar yr un pryd droi'r ffeithiau tybiedig hynny tu chwith allan, fel arfer drwy amrywio'r geiriad ychydig a newid goslef, a chreu wedyn fersiwn gyffelyb ond gwahanol o'r gwirionedd cynt. Yr oedd hi, fe wyddai, rhwng Scylla a Charybdis gwirioneddau: celwyddau ar un adeg ond erbyn hyn wrth eu haralleirio a'u hailwampio yn dod i deimlo ac i edrych i bob pwrpas fel y gwir. Y gwir nid yn rhywbeth pendant fel yr arferai fod ond yn unrhyw beth. A'r hyn sydd yn beryglus bellach yw nid y gau ond y gwir a ddywedir wrthym. I adnabod y gau chwilier ymhlith y gwirioneddau a haerir, a bregethir, a gyhoeddir.

'Ond hen ddynas ydy hi,' meddai Bet yn edrych o'i chwmpas ar yr un pryd i chwilio amdani; nis gwelodd.

'So!' ebe Tjeryl ... ac ychwanegodd, 'Mus Morus ma hi'n galw 'i hun. Wd iw bilîf ut! Mus Morus! Dders a Mus Jones and a Mus Ifans rwla tw. Paid â trystio neb.'

'Ond mi fedra i ymddiried ynot ti, yn medra?'

A gollyngwyd darn o fetel ar lawr, y sŵn gloyw-finiog yn chwyddo o'u hamgylch.

Fferrodd y ddwy; yn araf edrych o'u cwmpas a gweld fod pawb arall mewn cylch – hwy eu dwy yn y canol – yn sbio arnynt; cynffon sŵn y metal yn diffodd mewn man amhendant fan draw, tu hwnt. Yn cyhuddo? Yn rhybuddio? Mississippi Red a'i bys am i fyny; bar mawr metel wrth ei thraed.

Cydiodd Tjeryl yn llawes Bet.

'Taim tw go,' sibrydodd.

Cerddodd y ddwy drwy'r tawelwch; drwy'r tawelwch oedd yn rhythu arnynt. Tawelwch oedd yn tynhau am eu gyddfau. A llygaid, gwyddai Bet, nid dihirod yn syllu arnynt ond rhai pobl gyffredin. A hynny a wnâi iddi deimlo'r bygythiad, a bygythiad ydoedd, yn rhywbeth can mil gwaeth.

Unwaith i'r ddwy gyrraedd tywyllwch gweddill y ffatri a burgynnod hen beiriannau, clywsant chwerthin mawr yn dyfod o'r lle arall.

'You never learn, do you?' meddai llais wrth eu hymyl.

A chamodd Charlie o'r cysgodion ac i mewn i'w lais ei hun.

'Come on, the boys are waiting for you. I pulled them out as soon ...'

Y tu allan yr oedd y lleuad lawn fel llygad rhwbath yn erbyn twll clo'r cosmos.

Yn y fan, Mei Ling wrth yr olwyn lywio, Quentin wrth ei ochr yn torri sosej rôl yn ei hanner a rhoi darn iddo.

Yr holl ffordd yn ôl ni ddywedodd neb ddim wrth ei gilydd. Tjeryl a'i phen yn ei dwylo. Bet yn tybio iddi rhywsut fod yn lwcus. Lwcus o beth, ni wyddai. Lwcus rhag rhywbeth, gwyddai gymaint â hynny.

Daeth neges i'w ffôn. Darllenodd:

'Felucci's with R.&T. R's 50th. I'd forgotten. Had you? Everyone here sends love and hopes to see you soon? C x.'

Pendronodd.

Fe'i dileodd.

* * *

Fel petai o mewn eisteddfod o fudandod yn ei stydi, golau'r lloer yn cyffwrdd, hwnt ac yma, feingefnau'r llyfrau, ymylon ei ddesg, conglau cypyrddau nes creu yn ei ŵydd dderwyddon disgwylgar yn eu gynau gwynion, dringodd Tom Rhydderch yn simsan, rhaid addef, ond llwyddodd, i ben cadair a dechreuodd adrodd y gerdd.

'Ithaca,' cyhoeddodd.

'Wrth ddal y gwynt a chychwyn am Ithaca,
rho weddi y bydd hi'n fordaith hir,
llawn antur a llawn o ddarnau bach o ddysg.
Paid ag ofni'r Laestrygoniaid na'r Cyclopes,
na chilio chwaith rhag môr gwyllt Poseidon:
ddaw'r rheiny ddim i darfu ar dy daith
os bydd iti feddyliau golau, os bydd angerdd prin
yn codi dy ysbryd a'th gorff.
Ni fydd dy lwybr yn croesi llwybr y Laestrygoniaid
na'r Cyclopes, na Phoseidon ffyrnig,
onid wyt yn eu cario'n faich o fewn dy enaid,
oni fo dy enaid yn eu codi at dy wyneb.

Rho weddi am fordaith faith,
un â sawl bore o haf arni,
pan fydd iti'r fath bleser, y fath lawenydd
wrth gyrraedd hafanau na welaist cyn hyn,
fel y gelli aros ym marchnadoedd y Phoeniciaid
a chael holl aur y byd,
perlau mân a chwrel, gleiniau ac eboni,
a phersawrau synhwyrus o bob math,
cymaint o'r rheiny ag y mynni,
fel y gelli ymweld â sawl dinas yn yr Aifft
i hel gwybodaeth drachefn wrth draed dynion doeth.

Cadw Ithaca yn dy feddyliau o hyd.
Cyrraedd yno yw pen y daith.
Ond paid â chythru'n wyllt drwy'r tonnau.
Gwell hwylio am flynyddoedd lawer,
ac yn dy hen ddyddiau, fwrw angor ar yr ynys;
yn gefnog gan yr hyn a gesglaist ar dy daith,
heb ddisgwyl i Ithaca dy gyfoethogi.

Y siwrnai ryfeddol oedd rhodd Ithaca i ti:
oni bai amdani, ni fuaset wedi codi hwyl.
Ond nid oes ganddi fwy i'w roi iti.

Os gweli di hi'n llwyd yn awr, ni thwyllodd Ithaca mohonot.
A thi yn dy ddoethineb, gyda'r fath brofiad bellach:
deuaist i ddeall beth yw gwir ystyr Ithaca.'

*   *   *

Rhywbryd yn y nos darllenodd y ddwy gyrff ei gilydd.

Ym mraidd gyffwrdd blaenau ei bysedd yn cylchu ar hyd ei hasgwrn cefn, ac yn symudiadau araf ei llaw ar hyd ei hysgwyddau, clywodd Tjeryl holl alar Bet.

Yn llwybr ysgafn crib ei bysedd drwy ei gwallt, rhyddhaodd Bet holl drais Tjeryl i le o ddiogelwch.

Yng nghyffyrddiadau eu bronnau ymdawelodd y ddwy i feddalwch ei gilydd.

Wrth i'r naill gordeddu ei chluniau am gluniau'r llall, clywodd y ddwy gadwynau'n llacio.

Wrth i un agor dirgelion yr un arall ac i'r un arall wneud yr un peth iddi hi a theimlo eu lleithder yn cymysgu, adroddasant iachâd i'w gilydd.

A chrynodd dau gorff i lydanrwydd un cnawd.

'Abba-geli an Pen-sân'

O'r platfform medrai Bet weld y twnnel yn dechrau goleuo.

* * *

'... responded to my invitation to have a drink together would have been enough. I felt ashamed that I was thinking he wouldn't come. I did a crossword in case. We know that one, don't we? The I-don't-care-I-don't-mind tactic. But there he was. That would have been enough for me. That was generous in itself. I'd planned to give him some money, you know. Not a lot. A small little sum. For himself. And if he didn't want it for himself, then for him to use it for his charity work that I've seen him do with the old people. Then that horrible thought came over me. You'll know the one. If you've got money people will want to know where you got it from. And there's only one place someone like me could've got the money from. Yeah, I can see, you know that one. (A nifer yn ysgwyd eu pennau yn cyd-ddeall i'r dim.) So I decide against giving him the money. It wasn't much, but it could've sparked doubt in him. Where's this from, Dad? That kind of thing. Then I begin to feel guilty that I think he would think that kind of thing. That was my thought, not his. And I didn't want him to think either that I was trying to buy his company, you know. As if people like us think that we don't deserve company. Pariahs for ever. Therefore, we buy it. But I didn't have to think like that. He'd come. There he was in front of me. His presence assuaged my thoughts. The unpleasant thoughts that I was conjuring up. I might have been a tad disappointed that he couldn't stay longer. But young people, they have lives. They have lives to live. So off you go, I say. But as he leaves he turns to me and he says: 'You're an unbelievable dad,' he says. What more could I have asked for than to hear that? It's all I ever wanted to hear. You're an unbelievable dad. It's all I ever wanted him to tell me. So thanks for listening. To a very grateful dad.

* * *

'Home James! Glad. C x.' Darllenodd y neges newydd ar ei ffôn.

Gwelodd nifer o'r teithwyr eraill yn codi eu bagiau a symud yn nes at ymyl y platfform.

Yn reddfol gwnaeth hithau'r un peth.

* * *

'Ffiw deis, no môr ddan a wîc,' ebe Tjeryl.

'Ffiw deis, no môr ddan a wîc,' meddai Maureen.

'Ia! Be 'dach chi, poli parot?'

'Dyna ddudodd 'i?'

'Ia! Dyna ddudodd 'i.'

'Nything els?'

'Do's 'na'm nything els.'

Rhoddodd Maureen ei llaw ar y wal ac meddai:

''Di hi'm yn dŵad yn ôl, Tjeryl.'

'Ffiw deis, no môr ddan a wîc, ocê!'

Cododd Maureen ei bag.

Yn y pasej trodd at ei merch.

'Dynas fela!' meddai.

Wrth iddi fynd allan daeth Quentin i mewn.

Edrychodd Quentin ar Tjeryl.

'Wat ar iw lwcing at mi laic ddat ffor, Quentin?' ebe Tjeryl.

'Wat ar iw ffycin lwcing at mi laic ddat ffor?'

* * *

Daeth Bet o hyd i'w sedd.

* * *

'Arwyddwch yn fama ac yn fama,' meddai Sioned Watkins wrthi gan ddangos y lleoedd gweigion ar y ddogfen.

A gwel *Eliza* odd *beth* hithau *Scott* yn dyfod *Palmer* i'r fei. Ddwywaith.

'A dyna ni,' meddai'r twrnai. 'Mae'r tŷ rŵan yn eiddo i Ms Cheryl Jones. Ydach chi am fynd â'r ddogfen hefo chi?' Meddyliodd Bet. Meddai:

'Na. Postiwch hi iddi ymhen deuddydd. Os gwelwch yn dda.'

'Os mai dyna sydd orau gynnoch chi,' ebe'r twrnai ... ac, 'O!' ychwanegodd. 'Mi rois focs i chi ar eich ymweliad cyntaf yma. Anghofis ddweud pan oeddach chi yma'r dydd o'r blaen yn trefnu trosglwyddo'r tŷ. Gan feddwl mai chi oedd pia fo. Camgymeriad, mae gen i ofn. Perthyn i yma mae o. Rhwsut ... Mi gafodd 'i gymysgu ... Cwpan golff! 'Nhad neu 'nhaid ... Ymddiheuriadau os greodd o drafferth.'

'Dim trafferth,' meddai Bet. ''Dach chi am i mi ddŵad â fo'n ôl?'

Meddyliodd Sioned Watkins.

'Na,' meddai. 'I be, te?'

'Plant yn iawn?' holodd Bet yn cyffwrdd y llun ar y ddesg.

'Sut 'dach chi'n gwbod pan mae rhiwin yn iawn? Go iawn go iawn yn iawn?'

Cododd Bet ei hysgwyddau.

Ysgydwodd y ddwy ddwylo.

Wrth iddi ddod allan o'r swyddfa trodd y wraig oedd â'i chefn ati ac wedi bod yn aros amdani ar y pafin i'w hwynebu. Camodd Bet ryw fymryn am yn ôl.

'Eijis, Beti Myfanwy,' meddai Maureen Jones wrthi.

'Hydion,' ebe Bet.

'Dŵad yn ôl,' meddai Maureen, fodfeddi oddi wrthi, ei hanadl yn lledu ar hyd wyneb Bet, 'cal y babi. A strêt awê adopshyn. A ffwr â chdi. Nest ti 'rioed feddwl be ddigwyddodd i'r babi bach 'na, Beti Myfanwy? ... Dos. Jyst dos. An nefyr efyr cym bac agen.'

A cherddodd Maureen i ffwrdd.

Sylwodd Bet am y tro cyntaf y bore hwnnw pa mor las oedd yr awyr.

Glas perffaith. Glas plentyndod.

A meddyliodd ei bod yn medru clywed o ymyl y pafin ryferthwy'r môr, hyd yn oed. Ond go brin fod hynny'n wir. Ar ddiwrnod mor dawel a digyffro â hwn.

*   *   *

Er iddi obeithio cael y bwrdd iddi hi ei hun – er iddi obeithio cael y trên cyfan iddi hi ei hun, neb ond hi a'r dreifar a'r gard – er iddi obeithio hynny, eisteddodd dwy wraig 'nobl' – daeth y gair o hen le ynddi – o'i blaen. Efeilliaid, sylweddolodd.

'Gawn ni gêm o snap cyn y sandwijis, Myf,' meddai un wrth y llall.

*   *   *

Yr oedd twr o bobl bellach wedi ymgynnull, i gyd yn edrych dros ymyl wal y cei ar hen ddyn yng ngwlybaniaeth y mwd du, y llanw ar drai diolch i'r drefn, yn adrodd rhywbeth ag arddeliad mawr o bapur yn ei law, ystumiau ei law yn rhai angerddol.

Nid oedd neb yn clywed fawr oherwydd yr oedd y gwynt yn bylchu ei frawddegau, ac yn cipio ei eiriau cyn gynted ag y llefarwyd hwy. Efallai i ambell un glywed 'Poseidon'. I un neu ddau arall glywed 'Ithaca'.

Trodd un dyn at ei wraig a dobio ei fys yn erbyn ei arlais. Cytunodd hithau.

Ond yr oedd yr olygfa oddi tanynt oll yn un ryfeddol i'w gwylied.

Cytunai bron pawb ar hynny.

*   *   *

'Iw twc hyr!' ebe Tjeryl wrth Mei Ling, ei bys yn dobio ei ysgwydd. 'A nest ti'm deud 'im byd. Iw twc hyr. Pa fath o ffrindia ydach chi? Wat caind?'

* * *

Yn yr un cerbyd â hi, yn y sedd ger y drws, eisteddai dyn ar ei ben ei hun.

Nid oedd Bet yn ei adnabod. Nac yn ei gofio ychwaith. Go brin. Dim o gwbl. Hynny, wrth gwrs, oedd ei ddawn.

Eisteddodd unwaith gyferbyn â hi yn darllen papur newydd ar y daith i Fangor.

Fe'i gwelodd hi yn mynd i'r Archers' Rest y noson gyntaf (gwesty yr oedd gan ei berchennog 'a string of minor convictions' yn ôl ei adroddiad).

Gorfu iddo yntau hefyd brynu stamp – deg ohonynt, a dweud y gwir – ar ei hôl hi yn y Swyddfa Bost y bore hwnnw.

Anfonodd negeseuon lu, megis: 'Local nick know about the scam. Not enough evidence. Yet.' a 'Sending you a list of names'.

Gwelodd hi'n eistedd ar y tywod am hydion a'r llanw'n dyfod i mewn. Meddyliodd ...

Bu yn y tŷ yn darllen y mityr letrig. ('Left one or two things behind.')

Mewn anneall llwyr treuliodd dros awr gyfan – 'an eternity', ar ei oriawr ef – mewn cyfarfod mewn llyfrgell yn gwrando ar ryw hen ddyn yn sôn am 'god knows what in Valleys speak'.

'Froze my butt' tu allan i hen ffatri 'where the top dog gives a shindig occasionally'.

Gynnau anfonodd ei neges 'olaf' ... mae'n debyg: 'On the platform. Done. All over. Home James.'

* * *

Cerddai'r Athro Thomas drwy'r dref. Norah yn ei dywys.

Oedodd ym Mhen Deitsh. A gwelodd. Hwn fan acw. Hi fan draw. Ef yn y pellter. Yn ddeuoedd. Yn drioedd. Ar wahân. Gyda'i gilydd. Yn siarad. Yn sefyllian. Yn symud. Yn chwerthin. Yn loetran. Yn brysur. Yn ddi-hid. Fe'u gwelodd i gyd. Fe'u gwelodd fel ag y maent. Mewn gogoniant.

* * *

Ar hyd lonydd gweigion yr ucheldir gyrrai Jones ei dacsi ar gyflymder nad oedd y lonydd hynny wedi eu creu ar ei gyfer.

Nid oedd neb yn y cefn. A gallech daeru wrth edrych ar ei lygaid nad oedd neb y tu mewn i Jones ychwaith.

Ni byddai'n syndod petai'r car o fewn y munudau nesaf ar ei do.

* * *

'Snap,' meddai May – neidiodd Bet – yn taro cerdyn a llun crocodeil arno ar ben y twr o gardiau eraill.

A stopiodd y trên yn yr orsaf.

'Lle 'di fama?' holodd Myf yn edrych drwy'r ffenestr.

'Mae o newydd ddeud gynna. Y dyn. Ti'n gwrando dim,' meddai May. 'Abba-geli an Pen-sân,' dynwaredodd.

'Abba-geli an Pen-sân,' ebe Myf yn dynwared y dynwared. 'Saeson!' ychwanegodd.

'Cymry!' meddai May.

Nid oedd neb i'w weld ar y platfform. Agorodd y drysau. Ni ddaeth neb i mewn i'r cerbyd.

Aeth amser heibio.

Aeth mwy o amser heibio.

A mwy eto.

Dechreuodd pobl anniddigo.

Dechreuodd pobl edrych ar eu watjis.

Dechreuodd babi grio.

''Lam le i dorri lawr,' ebe Myf.

Daeth llais y gard drwy'r peiriant sain yn ymddiheuro am yr oedi, ond fe allai sicrhau pawb y byddai'r trên yn gadael yr orsaf ymhen ychydig, ac na fyddai raid i neb boeni am golli eu cysylltiadau.

Edrychodd Bet.

A gwelodd o'i blaen ddrws agored.